α《アルファ》の花嫁
小さな乳輪を舌で辿られると、もっと強く触れて欲しくてたまらなくなった。

「気持ちがいいか？」

「気持ち、いい、です……あぁっ」

答えた途端、ぎゅっと痛いくらいの力で摘まれて、びりびりと体が痺れる。

とろりと、足の奥が蕩けるように濡れていくのが分かる。

αの花嫁

天野かづき

22196

角川ルビー文庫

目次

αの花嫁　五
αの花嫁〜番外編〜　一七
あとがき　二〇三

口絵・本文イラスト／陸裕千景子

ざぁざぁと耳障《みみざわ》りな音に混じって、子どもの泣き声が聞こえる。

誰《だれ》か、助けて。

誰でもいい。

ここから、出して。

高い声はやがてすすり泣きになり、苦しげにしゃくり上げる吐息《といき》へと変わる。

――ああ、またこの夢だ。

暗い部屋の中に子どもが一人、蹲《うずくま》るように身を丸めている。

そのことに気づいた途端《とたん》、意識はその子どものものへと変わっていた。

身を切るような恐怖《きょうふ》と不安に、ただ泣きながら震《ふる》えることしかできない。

自分は一体どうなってしまうのだろう？　どこへ連れて行かれるのだろう？　木の床《ゆか》は酷《ひど》く冷たく、首にはめられた鉄製の首輪が息苦しさを助長する。こうなった原因がΩ《オメガ》であることだと思うと、自分の体が疎《うと》ましくて仕方がない。

大人は皆《みな》、すばらしいことだと言い、これで妹のエリスもいい暮らしができると言った。

自分もそれならば、Ωになったことも、受け入れられると思ったのに……。

暗闇《くらやみ》に押し潰《つぶ》されるようにして、徐々《じょじょ》に息が苦しくなる。

帰りたい。妹の下《もと》へ。

帰りたい。両親のいたあの頃《ころ》へ。

そして……。


「っ……！」

唐突《とうとつ》な覚醒《かくせい》に、ライゼはパチパチと瞬《まばた》きを繰《く》り返す。

もう日が昇《のぼ》っているらしく、ごく小さな窓から入ってくる光で、室内はぼんやりと明るい。

自分がどこにいるのかを思い出し、ライゼは深く息を吐《は》いた。

「夢だと、分かっているのに……」

昔から時折見る夢だ。

ライゼは子どもの頃に一度、誘拐《ゆうかい》されたことがあるらしい。これはおそらくそのときの光景なのだろうと思う。

推量なのは、あまりに恐《おそ》ろしかったからか、ライゼにはそのときの記憶《きおく》が、前後も含《ふく》めほとんどないためだ。気づいたときには、王宮に保護されていた。

激しかった鼓動《こどう》が、少しずつ落ち着いてくるのを感じながら、ゆっくりと身を起こす。

それほど広くはない部屋だ。小さなはめ殺しの窓と、鍵《かぎ》のかかったドア。今横になっていた寝台《しんだい》とクローゼット、壁《かべ》にくっついているテーブルと、その前に固定された椅子《いす》だけが置かれている。

それでも一人で使うには、贅沢《ぜいたく》な部屋だと言えるかもしれない。というのも、ここが船の中だからである。

船室というのは、どこも大抵《たいてい》が狭苦《せまくる》しいものらしい。もっとも、船に乗ったのは今回を合わせて三度だけ……いや、あの誘拐も入れれば四度ということになるのだろうか。

誘拐されたときも、船で運ばれるところだったという話だ。そう思うと、状況《じょうきょう》と相まって、あんな夢を見たのかもしれないが……。

少なくとも、部屋のせいではないだろう。あの夢に出てくる小部屋よりは何倍もました部屋だ。むしろ、かなり上等な客室の一つだろう。

自分は現在この船にある中で、もっとも高価な積み荷であり、体調を整えるためにも、そしてなによりその体質のためにも、このような個室が必要なのだ。

外からも、内からも鍵のかかる、決して外に出ることのできない部屋が……。

己《おのれ》の立場をあらためて思い、ライゼは小さくため息を落とした。

船の向かう先は、カデラ大陸の東方にあるファレナ王国。

ライゼは、その国王になる男の下に嫁《とつ》ぐため、こうして船に乗っているのである。

そして、嫁ぐことになったその理由こそが、自らの体質――いや、正確には『性別』のせいだった。

この世界には、男女という性のほかに、α《アルファ》とβ《ベータ》、そしてΩという三つの性がある。

男性体のα、女性体のαというように、合計で六種の性があるのだ。

だが、ほとんどのものはβであり、αの個体数は極端《きょくたん》に少ない。そして、Ωはそれよりもさらに稀少《きしょう》であり、ほぼ絶滅《ぜつめつ》していると言っても過言ではない存在だ。

昔はもっと多かったらしいが、Ωの数は徐々に減り続け、ここ百年ほどはほとんど見られないのだという。

αは生まれつき丈夫《じょうぶ》な体と、強いカリスマ性を持ち、人種によっては、狼《おおかみ》の顔を持つ獣人《じゅうじん》として産まれてくる。αでなければ王に立つことができない国も、多数存在している。

しかし、αにも問題はある。その優秀《ゆうしゅう》さとひき換《か》えに、αは生殖《せいしょく》能力が低く、相手がαやβの場合ほとんど妊娠《にんしん》させることはできない。

だが、相手がΩであれば話は変わる。

Ωは男であっても、女であっても、発情期を持つ。ヒートとも呼ばれるそれが起こると、Ωはαやβを誘惑《ゆうわく》するフェロモンを出し、その期間ならばαであってもかなりの確率で妊娠させることが可能になる。

また、αは発情期のΩのうなじを噛《か》むことによって、Ωを自分だけの『番《つがい》』にすることもできる。番にすることにより、Ωは番のα以外にはフェロモンが効かなくなり、発情期には番だけを求めるようになるのだが……。

こうなると当然、αが自らの後継《こうけい》を産ませるためには、Ωが必要となる。

大昔はαとΩの数に今ほどの違《ちが》いがなかったため、このこともさほど問題ではなかったようだ。だが、Ωが激減している今となっては、王家存続のために他国からΩを輿入《こしい》れさせる国も少なくない。

つまるところ、ライゼが向かっているファレナ王国も、その一つだった。

ライゼは稀少な男性体の『Ω』であり、まさにその王家存続のために輿入れさせられる立場なのである。

αに嫁《とつ》がされること自体は、自分がΩだと分かったときから覚悟《かくご》していたから別に構わない。

Ωだと分かって以降、自分はずっと王宮の奥深くで、αの番にされるために育てられてきたのだから……。

そして、その恩恵《おんけい》に浴してきた自覚もある。

ライゼは両親を亡《な》くした孤児《こじ》であり、Ωだと分かる前は、同じく孤児となった妹のエリスと二人、教会の孤児院で暮らしていたのだ。

ライゼが王宮で暮らし始めてからは、エリスも王都にある教会の孤児院へと移り、ライゼは恩賞として与《あた》えられた金をその教会にすべて寄付した。エリスは教育を受けさせてもらうこともできたし、結婚《けっこん》相手にも困ることはないだろう。

あくまで迷信《めいしん》ではあるが、兄弟がΩであるものは、産まれる子どもがΩになる可能性が、普《ふ》通《つう》のβよりも高いと噂《うわさ》されているためである。

妹が幸せに暮らせている。それが、ライゼの心の支えであり、それがΩであるおかげならば……と、この性別を疎《うと》まずに済んでいた。

エリスの存在がなければ、ライゼはこの性に産まれた自分を肯定《こうてい》することはできなかっただろう。エリスの幸福が、ライゼの唯一《ゆいいつ》の生きる意味だった。

「けれど、それにしてもまさか、二回も結婚することになるとは……」

ライゼは一度、ストラチエ帝国《ていこく》の王族である、ヤティールという男の下に輿入れした身である。

スオウの王家にはすでにΩが嫁いでいたこと、ライゼと丁度歳《とし》の合うαが王家の直系にいなかったことなどもあり、ライゼがストラチエに嫁ぐことはすんなりと決まった。

もちろん、多少年齢《ねんれい》が合わなくとも、ライゼを王家に輿入れさせる話もあったが、ストラチエは大国であり、ライゼの出身国であるスオウ国の隣国《りんごく》に当たる。ここで貸しを作る意味は大きい。そのほうが、利があると判断されたのだ。

だが、ライゼが到着《とうちゃく》してすぐ、ストラチエでは大きな政変が起こった。

ヤティールは自らをαだと偽《いつわ》っていたβであり、当然ながらライゼを番にすることはできなかった。それどころか、ヤティールは自らがβであることが発覚するのを恐れたのだろう、ライゼを閉じ込めた寝室《しんしつ》には、足を踏《ふ》み入れることすらしなかったのである。

だが、いくらヤティールがライゼを番にすることができなくても、政敵である別のαにΩを娶《めと》らせるわけにはいかない。そんな理由で、ライゼは半ば強引《ごういん》にスオウへと帰されてしまったのだ。

前代未聞《みもん》の事態だった。Ωが嫁ぎ先から帰されるなど、聞いたこともない。

そこに、遠方にある大国、ファレナ王国から、Ωの嫁を捜《さが》しているという打診《だしん》があったのである。

そのときになって知った話だが、ファレナ王国からの打診はこれが初めてではなかったようだ。

だが、ファレナ王国を治めているのは、αが獣人として産まれる種族であり、スオウでは、獣人は野蛮《やばん》で下等、我々よりも劣《おと》る人種であり、当然ながらそれを王と冠《かん》する国もまた、下等な国であるとされていた。そのため、何度もあった打診を断って、ライゼはストラチエ帝国へと嫁ぐことになったらしい。

だが、今回決め手となったのは、ファレナ王国からの医学的な技術援助《えんじょ》が得られることだったようだ。

ライゼには、はっきりとした事情は知らされなかったが、耳にしたことを総合すると、どうやらスオウの王のかかった病気に関して、ファレナ王国では治療《ちりょう》法が確立されており、そのための技術支援を必要としたようだ。

下等だと蔑《さげす》みながら、技術支援を当てにするなど恥《はじ》を知らないにもほどがある話だが、ライゼのファレナ王国行きの決定は慌《あわ》ただしく、よほど急を要する状況だったのだろう。

そうでなければ、いくらライゼの立場が宙に浮《う》いていようと、あれほど毛嫌《けぎら》いしていた獣人の治める国へなど、嫁がせなかったはずだ。

そもそもが海を隔《へだ》て、間に他国をも挟《はさ》んだ遠い国同士であり、国交もほとんどなかった。

ライゼ自身も自分が獣人の下《もと》に嫁ぐことになるなんて、考えただけで、恐《おそ》ろしさに身の毛がよだつ。だが、どれだけ厭《いと》おうが、自分にはどうしようもない。

獣人の下に嫁がされるライゼが心配だと言って、エリスは泣いてくれたが、そのエリスのためにも、ライゼはこの話を断ることなどできなかった。

国のための道具となること、定められたαに嫁ぐこと。

Ωとして産まれた以上、それは当然であり、拒否《きょひ》できるものではない。

だが、それでも、獣人と番《つが》うことは恐ろしく、震《ふる》え出しそうになる体をライゼは自らの腕《うで》で抱《だ》き締める。

その上、役人たちは一度別の男に嫁いだことは、ファレナ王国には内密にしろという。

ライゼが純潔でないと知られれば価値が落ち、この話がなかったことになるかもしれないから、と。

もちろん、ライゼは自分がヤティールに抱かれていないことを伝えたが、それを信じるものはいなかった。

誰《だれ》であっても誘惑するΩが、わずかな期間とはいえ嫁《とつ》いだ先で純潔を守ることができたはずがないと、そう思われたのだ。

自らの性を淫奔《いんぽん》なものであると言われたことは、ライゼの心を酷《ひど》く傷つけたが、自らが発情期にどうなってしまうのかを知る以上、否定できるものではないと分かっていた。

「ライゼ」

ドアの外から掛《か》けられた声に、ライゼははっとして顔を上げた。共に船に乗っている役人の声だ。

「はい、いかがなさいましたか?」

「陸地が見えてきた。そろそろ支度《したく》をしろ」

「……はい」

返事をして、ライゼはベッドから下りると、内鍵《かぎ》を開けた。すぐに数人の侍女《じじょ》が入ってきて、ライゼの支度を整え始める。

白地に赤や金の糸で刺繍《ししゅう》を施《ほどこ》された豪奢《ごうしゃ》な衣装を着せられ、薄化粧《うすげしょう》をほどこされる。

侍女たちの顔はあまり明るいものではない。ファレナ王国が近付いてきたためだろう。スオウの人間ならば、誰にとっても獣人は恐ろしい。

役人たちも、前回のストラチエ帝国へ向かっていたときとは比べものにならないほどに神経質になっているように感じる。

もちろん、一番不安なのも恐怖《きょうふ》を感じているのもライゼ自身だ。

ベールを被《かぶ》らされ、支度を終える頃《ころ》には、港はそこにいる人々の姿が見えるほどまでに近付いていた。

「――分かっていると思うが、あのことは内密にな」

「……はい」

船を下りる直前、役人にそう耳打ちされる。

もちろん、自分が一度はストラチエ帝国に嫁いだことだろう。

「もしも知られるようなことがあれば、国に残した妹に何が起こるか保証はしかねる」

「ッ……！」

役人の言葉に、ライゼは大きく目を見開く。

「話したりなどいたしません！　ですから、どうか妹は……」

「大きな声を出すな。分かっているならばいい」

役人は小さく舌打ちをしてそういうと、何事もなかったように船を下りていく。

ライゼは唇《くちびる》を噛《か》みそうになったが、化粧をほどこされたことを思い出してぐっと堪《こら》えた。

もしも、自分が別の男の下に嫁いでいたことが知られれば、エリスはどうなるのだろうか？

考えると恐ろしいけれど、引き返すことも、逆らうこともできない。言われるままに嫁ぐしかないのだ。

不安な心持ちのまま、ライゼは船を下りた。

「ようこそ、いらっしゃいました」

そう言った男が、人間の顔をしていたことに、ライゼは安堵《あんど》する。

迎《むか》えは思ったよりもずっと大人数だった。役人らしき男だけでなく、楽団や、踊《おど》り子と見られる女たちの姿もある。だが、その中に獣人《じゅうじん》の姿はない。つまりここにいるのは皆《みな》、βのようだ。

Ωの嫁《よめ》を迎えに来たのだから、当然といえば当然だ。万が一を考えて、番《つがい》となるα以外には、会わせないつもりなのだろう。

Ωの発情期は、通常一定周期で訪《おとず》れるが、αから出るフェロモンによって引き起こされることもある。そのため、番になる以外のαに近付けないことは、よくある処置だと言える。

「殿下《でんか》は王宮でお待ちです。ライゼ様はこちらの馬車へどうぞ」

やさしい声にほんの少しほっとしつつ、言われるままにライゼは馬車へと乗り込んだ。

「王宮まで馬車はゆっくりと進みますので、少々時間がかかります。ですが、馬車の中は外からはほとんど見えませんから、おくつろぎいただいて問題はありません。中のものはご自由になさってください」

ライゼが座席に座ると、男はそう言って外側からドアを閉めた。どうやら役人たちは別の馬車らしい。

車内を見回すと、馬車の窓には薄《うす》いカーテンが掛けられていた。馬車の中のほうが外よりも暗いため、外からは確かに見えにくいだろう。

一人で乗るには広い馬車の中には、ほのかによい香《かお》りのする花が飾《かざ》られていた。おそるおそる水差しの横にあった蓋《ふた》付きの陶器《とうき》の入れ物を開けると、中には軽食が入っている。

「至《いた》れり尽《つ》くせりだね……」

外では音楽の演奏が始まり、馬車がゆっくりと動き出すのが分かった。聞こえてくる歓声《かんせい》は、国民のものだろう。

ストラチエ帝国《ていこく》でももちろん歓迎《かんげい》はされたが、ここまではなかった。それは、嫁ぐ相手が王家の一員か、国王になる男かの違《ちが》いもあるだろう。

「……とても、野蛮な種族が治めているようには思えないけれど」

旅で疲《つか》れた自分を癒《いや》そうとする心遣《こころづか》いもそうだし、用意された軽食は、一つ一つが可愛《かわい》らしく飾られて、食べるのがもったいないほどだ。

そういえば、ファレナ王国の食文化がどんなものか、学ぶ時間もなかった。唯一《ゆいいつ》、床《ゆか》に座り、手づかみで食すこともあるのだという話だけは、聞かされていたが……。

陶器の入れ物の横には、小さなフォークが添《そ》えられている。

獣人が食べているものという点からうっすらと想像していたような、野卑《やひ》なものではないらしい。

「よし……」

服が汚《よご》れるようなことがあっては……と思うと少し怖《こわ》いが、せっかく用意してくれたのだ。まったく口をつけないのも失礼だろう。

ライゼは被っていたベールを上げ、勇気を出してフォークを手に取ると、軽食の一つにそっと突《つ》き刺《さ》した。スオウでは箸《はし》を使うことが多いが、嫁ぎ先の文化に合わせるため、フォークやナイフの使い方も、しっかりと習得させられていた。

口に運び、一口で食べられそうなそれの端《はし》を小さく齧《かじ》る。

「っ……甘い…」

どうやらそれは甘味だったらしい。思い切ってすべて口に入れると、生地《きじ》はホロホロと崩《くず》れ、中からは甘酸《あまず》っぱい味が広がった。

なんだろう？　あまり馴染《なじ》みのない味だが、おいしい。果物を使っているのだろうか？　鼻に抜《ぬ》ける香りも爽《さわ》やかだ。

「美味《おい》しい……」

思わずほうと息を吐《は》いて、水差しからグラスへ水を注ぎ、口に含《ふく》む。冷たい水はほんの少し、爽やかな香りがついていて、それがまた心地《ここち》よかった。

細やかな心配りに、思わず口元がほころぶ。

自分は、悪く考えすぎていたのだろうか？

今のところはいやな部分など一つもない。もちろん、獣人を直接見ていないせいもあるだろうが……。

少なくとも、役人たちから聞かされていたような、野蛮《やばん》で下等な人種だと思うような点はなかった。馬車に乗るまでにちらりと目にしただけだったが、港はきれいに整備されていたし、こうして国民たちのものらしき歓声を聞く限り、王家は国民に支持されているのだろうとも思う。

「上手《うま》くやっていけるだろうか……」

分からない。けれど、少し前向きな気持ちになったのも確かである。

もっとも、その心の奥には、明かすなと命じられた秘密が、重くのしかかっていたけれど……。

やがて音楽が最高潮の盛り上がりを見せ、馬車が停《と》まった。陶器の蓋《ふた》はすでに閉めてある。鏡がないため、化粧の確認《かくにん》ができないことは気になったが、もともとベールを被っているため、はっきりと顔を見られることはない。

ドアが外側から開く。

馬車の出入り口から真っ直《す》ぐに敷《し》かれた絨毯《じゅうたん》の先に、その人はいた。

おそらく彼がカシウス・ファレナ。この国の次期王だろう。

――獣人だ。

きちんとした服装に身を包んではいるが、その頭部は間違《まちが》いなく狼《おおかみ》に似た獣のものだ。

スオウにも狼はいる。集団で狩《か》りをする、恐《おそ》ろしく獰猛《どうもう》で頭の良い獣だ。

恐怖に顔が強《こわ》ばるのが分かった。

「真っ直ぐにお進みください」

男の声に、どうにか頷《うなず》いて、震《ふる》える足を叱咤《しった》する。

奥歯をきつく噛んで、ゆっくりと歩き出した。

――怖い……。

自分でも不思議なほどの恐怖が、ライゼの身を包んでいた。

まだ随分《ずいぶん》と先にいるのに、それでもその体軀《たいく》が立派であることはわかる。上背はライゼの頭一つ分以上に高いだろう。

もともとαは立派な体格を持つものが多いというのは知っていたが、獣人ならばこれが普通《ふつう》なのだろうか？

あんな大きな口でうなじを噛まれることを思うと、恐ろしさに身が竦《すく》む。

今からでも逃《に》げ出したい。

ライゼはただ、義務感と、その背後にある妹の存在のためだけに、どうにか足を進めているにすぎなかった。

だが……。

カシウスまであと数メートルという場所まで来たときだ。

「……？」

すん、とライゼは無意識のうちに鼻を鳴らした。

何か、甘い香りがした気がして……。

いや、気のせいではない。

――確かに、している。

しかもそれは、目の前のこの獣人からしているようだ。

ふらりと、ライゼの足がよろめく。まるでその香りに誘《さそ》われるように、自然と足が前に出る。

いい匂《にお》いが、する。

花の香りにも似た、けれどもっとずっと、嗅《か》いだことのないようなかぐわしい香りだ。

ベール越《ご》しに、カシウスが目を瞠《みは》ったのがわかった。

そして、その足が一歩、ライゼへ向かって踏《ふ》み出され、太い腕《うで》が攫《さら》うようにライゼを抱《だ》き上げた。

「あ……」

小さく声を零《こぼ》したライゼの顔を、獣人の目が見下ろしてくる。

顔が、目が、そしてあの恐ろしい口が、極《ご》近くにある。だというのに、嚙《か》み殺されそうだ、とそう思った途《と》端《たん》、背筋を甘い痺《しび》れが駆《か》け下りた。

「誰《だれ》も近付けるな！」

カシウスは大声でそう言うと、さっと踵《きびす》を返し、ライゼを抱いたまま足早にどこかへ向かう。

何が起きたのか分からなかった。

これが正しい作法だったのかも、ライゼには判断できない。

ただ、抱き上げられたことによってより濃厚《のうこう》になった香りに溺《おぼ》れそうだと思う。

頭の芯《しん》がくらくらと揺《ゆ》れ、頰《ほお》が熱くなる。いいや、熱いのは頰だけではない。体がすべて、熱を持ったように熱くなり始めていた。

これはまるで……そう考えて、ようやく腑《ふ》に落ちる。

あの甘い香り。あれはαのフェロモンだったのだろう。自分はそれによって、発情しているのだ。

カシウスはいち早くそれに気づいたから、人払《ひとばら》いをし、こうして自分を抱き上げて運んでくれているのだろう。

申し訳ないと思うのと同時に、足の奥に疼《うず》きを感じて、ライゼはそっと膝《ひざ》を擦《す》り合わせる。

発情期を迎《むか》えるのは初めてではない。

けれど、これはまったく違うもののようにすら感じた。

今まで、ヒートの際には発情を抑《おさ》える薬を処方されていたが、それでも初日、薬の効果が出るまでは体の火照《ほて》りや、疼きに苦しんだものだ。

だが、これはそれよりもずっと強い。

息をするたびに、どんどん体が熱くなっていく。カシウスの体温に肌《はだ》が痺れるような感覚を覚えて、何をされたわけでもないのにびくびくと体が震えた。

今からこれでは、実際に触《ふ》れられたら、一体自分はどうなってしまうのだろう？　そう考えただけで……。

きゅっと下唇《したくちびる》を噛み、ライゼは戒《いまし》めるように自らの腕で自身を抱《だ》き締《し》める。

「辛《つら》いか？」

「……っ」

声を掛《か》けられて、ライゼはゆるゆると頭《かぶり》を振《ふ》った。

「申し訳、ありません……こんな……」

おそらく、発情のせいで本来の流れとは違《ちが》う状況《じょうきょう》になってしまっているはずだ。

「いや、気にしなくていい。こうなる可能性も視野に入れていた」

カシウスはそう言うと、ライゼを抱《かか》えたまま、どこかの部屋に入った。

部屋の奥、扉《とびら》を二枚くぐり抜けた先にあったベッドの上に、そっとライゼを下ろすと、ドアを閉めるためだろうか、一旦《いったん》ベッドを離《はな》れる。

「あ……っ」

カシウスが離れ、フェロモンが残り香《が》だけになっても、もう体の疼きは止まらなかった。

「あ…ぁ……」

清潔なシーツの上で、ライゼは身を捩《よじ》り、足の奥へと伸《の》びそうになる指を懸命《けんめい》に堪《こら》える。

今にも焼き切れそうになる理性を、必死で繋《つな》ぎ止める。荒《あら》い息をこぼし、祈《いの》るように胸の前でぎゅっと指を組んだ。

ベッドが揺れるより先に、再び感じ取った香《かお》りで、ライゼはカシウスが戻《もど》ってきたことに気づく。

「……ライゼ」

名前を呼ばれ、ゆっくりとベールが捲《まく》られた。

そして……。

「ひ……」

真上から見下ろされて、思わず上げそうになった悲鳴を飲み込む。

それでも、歪《ゆが》んだ表情まではごまかせなかっただろう。

「――この顔が、恐ろしいか？」

「い……いいえ、そんなことは、ございません」

ライゼはゆるゆると首を振る。

だが、実際はカシウスの言う通りだった。粗相《そそう》がないようにと必死に繋ぎ止めた理性が、仇《あだ》になったと言えるだろう。

ヒートのせいもあるのか、カシウスの目はギラギラと輝《かがや》き、ライゼにはそれが、獲物《えもの》を見定めた狼の目と同じに見えた。

「ごまかすな」

けれどカシウスはそう言うと、わずかに唸《うな》るように声をあげる。それにまた怯《おび》えてびくりと肩《かた》を揺らしてしまったライゼから顔を背《そむ》け、腰《こし》に巻いていた帯を抜《ぬ》き取った。

そして……。

「な、何を……」

「恐ろしいならば、見なければいい」

カシウスはライゼの目を帯で覆《おお》い、頭の後ろで縛《しば》る。

ライゼは暗くなった視界と、距離《きょり》が近くなったことにより酷《ひど》さを増す惑乱《わくらん》で、どうしていいかわからなくなった。

ただ、視界を塞《ふさ》がれたことを本能的に恐ろしいと思うのと同時に、ほんの少し安堵《あんど》したことも確かだ。

カシウスの言う通り、見えなければ相手が獣人《じゅうじん》だと、多少は意識せずに済む。

だが……。

「あっ……」

なにかが、ライゼの頬に触れた。おそらくカシウスの指だろう。目が見えない以上当然だが、どこにどんなタイミングで触れられるのかがわからず、触れられるたびにびくびくと体が震《ふる》える。

それに、むせかえるようなフェロモンを感じて、呼吸が浅く、速くなっていく。見えないことで、視覚以外の五感が鋭敏《えいびん》になっている気がしてならない。

カシウスの手が、ライゼの腰を探《さぐ》り、帯を引き抜く。

「あ、んっ……」

カシウスの指が胸元《むなもと》に触れ、ライゼはあえかな声を零した。

「ここが気持ちいいのか？」

「わ、分かりません……」

「分からない？」

その問いにこくりと頷《うなず》く。自分で触れたこともない。けれど乳首《ちくび》を撫《な》でられて、足の奥が蕩《とろ》け、濡《ぬ》れていくのが分かる。

「誰もここを可愛《かわい》がらなかったと？」

「んっ……こ、ここ、だけではありません」

頭を振り、ライゼは震える声で真実を口にする。

「触れられるのは、殿下《でんか》が初めてなのです」

じっと、見つめられている気がした。

目が見えないため、カシウスがどんな顔をしているのかは分からない。いや、見えたとしても、自分には獣人の表情など読めなかったかもしれない。

だが……。

「なら、余計に可愛がってやろう」

そう言った声は、どこかやさしい気がした。

「は、あ……っ」

きゅっと乳首を摘《つま》まれて、ライゼは無意識に膝をすり寄せる。

「あっ、んっ、あぁ……っ」

濡れた感触《かんしょく》があり、びくびくと体が震える。舐《な》められているのだと気づくのと同時に、逆の乳首を捏《こ》ねられて、高い声がこぼれる。

人に触れられることが、こんなにも気持ちがいいなんて……。

残っていた恐怖心《きょうふしん》が、とろりとろりと快感に溶《と》けていく。

次第《しだい》に思考は霧《きり》がかかったようになり、ただ快感だけを追い求め始める。

何も、考えられなくなる。

濡れた舌の感触が、乳首を離れ、ゆっくりと臍《へそ》まで下りていく。そして腰の辺りで布が擦《こす》れる感触がした。下半身を覆っていた裳《も》が剥《は》ぎ取られる。

「確かに、随分《ずいぶん》と気持ちがよかったようだな。こんなに濡らして……」

「あ、ンーッ」

太股をこじ開けるように突っ込まれたのは腕だろう。ぬかるみ、とろとろと愛液を零し続ける場所に触れられて、ライゼはその腕を太股でぎゅっと挟《はさ》み込む。

「んっ、あ……あぁっ」

「触れられたくないか？」

「ち、が……ぁ……っ」

気持ちがよすぎるだけなのだ。そもそも、カシウスを拒《こば》む権利は、自分にはない。

ライゼは意識して自ら足を開き、触れやすいように膝《ひざ》を立てる。

「お情けを……いただきたく……っ」

「――いくらでもくれてやる。だが、まずは慣らさんとな」

「あ、あぁっ」

硬《かた》いものが中へと入り込んでくる。カシウスの指だろう。

痛みなど微塵《みじん》もなく、ただただ気持ちがいい。ぐちゅぐちゅと、いやらしい音を立てて指がぬかるみを出入りするたびに、膝が震える。

指が増やされてもそれは変わらず、ただもっと、という気持ちが高まっていく。

もっと、太いものでかき混ぜられて、深い場所までいっぱいにされたい。一番奥でその熱を受け止めさせて欲しい。

「きゅうきゅう締《し》めつけて……そんなに欲しいのか？」

情欲を孕《はら》んだ低い声に、がくがくと頷く。

「お願い……ですから……あっ……」

ずるりと指が抜かれ、その感触にも感じてしまう体を、ぐるりと転がされ、強い力で腰が引き上げられる。

たった今まで指で散々かき混ぜられていた場所に、熱いものが触《ふ》れる。

「入れるぞ」

「あぁ……っ」

先端《せんたん》がゆっくりとそこを広げると、こぷりと蜜《みつ》がこぼれ、太股を伝い落ちる。恥《は》ずかしいくらい自分が濡れていることをあらためて感じ、ライゼはぎゅっとシーツを握《にぎ》り締める。

「あっ、あ……っ」

少しずつ、奥へと入り込んでくる熱に、震えが止まらなかった。

気持ちがよすぎて、頭がおかしくなりそうだとすら思う。ずっと、これが欲しかったのだ。こうされたかった。

Ωになった十一のときから、体はずっとこれを求めていたのだとはっきり分かる。

もう逃《のが》すまいとするように、強く中を締めつけてしまう。

「っ……搾《しぼ》り取る気か？」

カシウスの腰が、ぐっと押しつけられて、一番奥まで入れられた。

「ひぁっ」

びくびくと体が激しく震える。

見えないけれど、それでも自分が絶頂に達したのだと分かった。あまりの快感に膝が崩《くず》れそうになったが、腰を摑《つか》む腕がそれを許さない。

「あ…っ、あ、あ……！」

そのまま今度は勢いよく引き抜かれ、再び激しく突き上げられて、ぞくぞくと背筋を快感が走る。イッたばかりで敏感《びんかん》になった体が、もっとと言うようにカシウスのものを締めつけた。

「あっ、あっんっん……っ」

断続的に響《ひび》く粘着《ねんちゃく》音と腰が尻《しり》にぶつかる音が耳に届き、たまらない気持ちになる。体中が熱い。触れられた場所、繫《つな》がった場所からとろとろに溶けていくようで……。

――……気持ちが、いい。

「あ、あっ、き、きもちぃ……っ」

そんな言葉が口からこぼれて、止まらなくなった。

「どこが好きだ？　こうされるのと……」

「あ、あ、あ、あぁ……っ」

入り口の辺りを小刻みに擦《こす》られて、ぎゅっと背中が反る。

「こう、突かれるのとでは」

「あ――っ」

深い場所まで突き入れられて、瞼《まぶた》の裏でなにかがちかちかと光った気がした。

「どうだ？」

「あ、あ…っんっ、ど、どっちも……っ」

「うん？」

「どっちも、好き……です…っ、でも」

もっと欲しいものが本当はある。

「でも、なんだ？」

「い、っぱい……私の中……っ…出して……ください……っ」

中で、出して、注いで、いっぱいにして欲しい。

「……ああ。何度でも注いで、孕ませてやる」

「あ、あぁっ！」

ますます激しくなる抜《ぬ》き挿《さ》しに、ひっきりなしに高い声がこぼれる。

熱くて、気持ちよくて、ぐちゃぐちゃになる。

そして、やがてカシウスの大きな体が、ライゼの体を覆《おお》い隠《かく》すように、その背に被《かぶ》さる。

「あ、あ……ンッ」

「――――ライゼ」

「あぁ……！」

うなじに、今までで一番の熱が灯《とも》った。焼けた鉄を押し当てられたような……なのに、痛みは微塵もない。それどころか、まるで奥を穿《うが》たれたときのような快感が湧《わ》き上がる。

あの大きな口で、噛《か》まれているのだ。

そう思ったのと同時に、奥でカシウスが達した。

「は、あ…っ……」

体の奥を濡《ぬ》らされるのが、こんなに気持ちがいいなんて……。

叩《たた》きつけるように吐《は》き出された熱い粘液《ねんえき》が、まるで媚薬《びやく》のように体を冒《おか》す。そこからまた、熱が湧き上がる。

「これで、お前は、俺のものだ……」

うなじを舐められて、ライゼはぽろりと眦《まなじり》から涙《なみだ》がこぼれるのを感じた。

ああ、そうだ。自分はこの人の番《つがい》になったのだ……。

「あ、りがとう、ございます……」

掠《かす》れた声で礼を言うと、強く抱《だ》き締められた。

自分の中にあるカシウスのものは、あれだけ出したというのにまだ硬度《こうど》を保ったままだ。

番の儀式《ぎしき》は終わったとはいえ、まだまだ発情期は終わらない。

もう一度、カシウスが動き出すのを、ライゼは熱に浮《う》かされたような頭のままで、ぼんやりと待っていた……。

◇

瞼《まぶた》の裏に、ほのかな明るさを感じた気がして、ライゼはそっと目を開けた。

カーテン越《ご》しの日差しに、今がもう夜ではないことを知る。朝なのか、昼なのかまでは分からないが……。

久し振《ぶ》りに頭の中がすっきりとしていた。発情期が終わったのだ。

ゆっくりと体を起こすと、ベッドの上には自分しかいなかった。いや、室内にも他《ほか》のものの姿はない。

カシウスはライゼの目覚めを待つことなく、部屋を出て行ったらしい。

「そう言えば、目隠《めかく》し……」

発情期の間、ずっとしていた目隠しはなくなっていた。そして、着てきたものとはまったく違《ちが》う服を着せられている。

ライゼは無意識のうちに、左手の指で、自らのうなじに残った傷痕《きずあと》を辿《たど》るように撫《な》でた。

間違いなく、そこにはカシウスが残した嚙み傷がある。自分はもう、カシウスの番になったのだ。

だとすると……。

今度は意図的に、だが先ほどよりもずっと慎重《しんちょう》な手つきで、ライゼは自分の腹に手を当てる。果たして、自分は妊娠《にんしん》しているのだろうか？

「………分かるはずがないか」

結果が出るのは、次の発情期の時期である。発情期は基本的には三ヵ月周期だが、妊娠していれば来ることはない。

一度の発情期で妊娠していてもおかしくはないが、絶対ではない。子どもができていさえすれば、気が楽にはなるが……。

「考えても仕方ない」

呟《つぶや》いて、ライゼはようやくベッドから出ることにした。

カシウスは別の部屋だろうか？　来るときにいくつか部屋を通り過ぎたことをぼんやりと覚えている。

もし、隣《となり》にいるのだとしたら、顔を見るのは少し恐《おそ》ろしいけれど、挨拶《あいさつ》をしないわけにはいかないだろう。

ライゼはベッドの脇《わき》に置かれていた、柔《やわ》らかい布でできた底の浅い靴《くつ》を履《は》いてみる。新品らしいそれは、ライゼの足にぴったりの大きさだった。そのままドアへと向かう。

一週間もベッドにいたのだ。多少ふらつくかと思ったが、体調は思いの外よかった。これまで発情期後は体調がすぐれないことも多かったが、あれはひょっとすると抑制剤《よくせいざい》の副作用もあったのかもしれない。発情期の症状《しょうじょう》を抑《おさ》えるそれは、それほど効き目のよいものではなかったが、ないよりはましだからと飲んでいたが……。

ドアの前で立ち止まる。話し声などはしなかった。ただ誰《だれ》かが動き回っているような、ささやかな足音がする。

「あ……」

緊張《きんちょう》を和《やわ》らげようと、ライゼは一度深呼吸をし、それからそっとドアを開けた。

そこにいたのは、まったく見覚えのない、小柄《こがら》な人物だった。カシウスとは似ても似つかない小さな体軀《たいく》は、自分よりもさらに小さい。

ドアが開いたことに気づいたのだろう、その人物が振《ふ》り返る。

顔は獣人《じゅうじん》ではなく人で、おそらく歳《とし》は十二、三といったところだ。肩《かた》の上で切り揃《そろ》えられた黒髪《くろかみ》がさらりと揺《ゆ》れる。

「お目覚めですか？」

「……え、ええ。あの、あなたは……」

戸惑《とまど》いつつ尋《たず》ねたライゼに、少年が深々と頭を下げた。

「失礼いたしました。私は身の回りのお世話をさせていただく、ナールと申します」

「ナールさん……」

「どうかナール、とお呼びください」

その幼い風貌《ふうぼう》からは想像もできないような、しっかりとした口調で少年はそう言って微笑《ほほえ》む。

「お体の調子はいかがですか？」

「特に、問題はありません」

「それでしたら、お風呂《ふろ》をお使いになるのはいかがでしょう？　その間にお食事の支度《したく》をしておきますので」

「……分かりました」

訊《き》きたいことはいくつかあったけれど、拒否《きょひ》してまで尋ねるのも躊躇《ためら》われた。それに移動しながらでも多少の話はできるだろうと思い、ライゼは素直《すなお》に頷《うなず》いた。

「では、ご案内いたしますね」

ナールは微笑むと、先に立って歩き始める。ライゼが建物の構造を理解していないことを、カシウスから聞いているのかもしれない。

歩く速度はゆっくりで、体調を気遣《きづか》われていると感じた。腹の中に、王となる男の子どもがいるのかもしれないと思えばこその扱《あつか》いだろう。

「あの、殿下《でんか》は、お仕事でしょうか」

「はい。今日から公務にお戻《もど》りになっております」

休む間もなく、大変なことだと内心思いつつ、そうですかと小さく頷く。

「ここは……あのお部屋は、殿下のお部屋なのでしょうか？」

「いえ、ここは殿下の後宮です。敷地《しきち》内すべてが、お妃様《きさき》のものですよ。――こちらが、お風呂場です」

ナールは微笑んだまま立ち止まり、ドアを開けてライゼを中へと促《うなが》す。

そこは脱衣《だつい》所で、奥にはさらにドアがある。

「あ、あの、一人で大丈夫《だいじょうぶ》ですから」

服を脱《ぬ》ぐのを手伝おうとしてくれるナールにそう言うと、あっさりと引き下がってくれた。

「では、お済みになりましたら、先ほどの部屋までお戻りください」

その言葉に頷くと、ナールは深く頭を下げて脱衣所を出て行く。

性別上、万が一のことがあってはと、長く人を傍《そば》に置くことはなかったため、ほとんどのことは一人でできる。そもそも平民の出であり、一度は孤児院《こじいん》にもいた身だ。こまごまと世話をされるほうが気になっただろう。

服を脱ぎ浴室に続くドアを開ける。白く滑《なめ》らかな石で組まれた湯船にはたっぷりと湯が張られている。ライゼが五人は入れそうな広さだった。

あちこちに情交の痕の残る体をゆっくりと清め、湯船に浸《つ》かる。

「はぁ……」

思わずため息がこぼれた。

脳裏《のうり》にあるのは、目隠しをされる前に見たカシウスの姿だ。そのあとのことは、記憶《きおく》が飛び飛びで、どれもどこかぼんやりとしている。

けれど……——あれで大丈夫だったのだろうか？

目隠しをされたまま、ただ快楽に流されてカシウスに抱《だ》かれた。番《つがい》にしてくれた以上、最低限の役割は果たしたと判断されたとは思う。

しかし……それは本当に最低限だったのではないだろうか？

カシウス自身に、獣人を怖《こわ》がっていると知られたことを申し訳ないと思う。

十一の歳から、七年間。ライゼはただひたすらに、国益のために、αに嫁《とつ》ぎ、寵愛《ちょうあい》を受けられるようにしろと教育されてきた。

自分の取った態度は、とてもではないがカシウスを満足させるものではなかっただろう。

これからを思うとどうしても不安が募《つの》ったが、すべて身から出た錆《さび》である。次に会ったときにはきちんと謝罪しよう。

そんなことを考えつつ浴室を出ると、脱衣所には着てきたものとは違う服が用意されていた。襟《えり》に刺繍《ししゅう》のある柔らかい手触《てざわ》りのシャツと、ゆったりとしたズボンを身につけ、先ほどの部屋へと戻ると、前言通り食事の支度が調《ととの》っていた。

「おかえりなさいませ。湯加減はいかがでしたか？」

「とてもよかったです。ありがとうございます」

礼を言うとナールは微笑み、ライゼに椅子《いす》を勧《すす》めてくれる。

素直に腰掛《こしか》けてから、箸《はし》が添《そ》えられていることに気づいてパチリと瞬《しばたた》く。

「何か苦手な食材がございましたか？」

「え、いえ……」

ライゼの戸惑いに気づいたのだろうナールに、そう問われて、ライゼは慌《あわ》てて頭《かぶり》を振る。

「こちらでも、箸を使うのだなと思って」

箸はあまり一般《いっぱん》的なカトラリーではない。実際、ストラチエに嫁ぐにあたり、フォークやナイフの使い方をライゼは教わっていたし、ファレナでは手づかみで食べるという前情報もあった。もっとも王宮に向かう馬車の中でも、軽食にはフォークが添えられていたが……。

「こちらのほうが慣れているのではないかと……殿下のお心遣《こころづか》いです」

「……そうですか。ひょっとして、テーブルも？」

そう言えば、床《ゆか》に座って食べるのだと聞いていたのだと思い出して訊いてみると、ナールはこくりと頷いた。

「はい。こちらに来たばかりでご不安なことも多いでしょうから、せめてスオウと同じ生活様式で過ごせるようにとのことです」

「――そう、でしたか。……感謝いたします」

少なくとも、大切にしようと思ってくれているのだと、そう考えていいのだろうか。

あんな失礼な態度を取ったあとも……。

やはり、スオウにいる間に聞いていたような、野蛮《やばん》な国、野蛮な人などでは決してないように思う。

食事も半分は、多少味付けに意外性はあったものの、馴染《なじ》みのあるもので、残りの半分も慣れないながらもおいしいと思った。

こちらでは辛《から》いものや、酸味のある味付けが多いようだ。

とはいえ、用意された量が多く、できるだけ口をつけたものの半分ほどが残ってしまった。

「申し訳ありません……」

「多めにご用意させていただいたので、気になさらないでください」

肩を落とし、あきらめて箸を置くと、ナールはなんでもないことのように頭を振り、食後のお茶を用意してくれた。

「午後はよろしければ、後宮の中をご案内いたします。それと、殿下からいくつか贈《おく》り物がありますのでそちらを見ていただければと」

「贈り物、ですか？」

「はい」

こんなによくしてもらっていいのだろうか？　と思いつつ、まずはその贈り物のほうを確認《かくにん》することにした。

最初に添えられていた手紙を開くと、無骨だが読みやすい字が並んでいる。

体調を気遣う言葉、どれも似合うと思って選んだということ、だから好きなものだけ身に着けてくれればいいと、そう書かれていた。

衣類は半分がスオウの様式のもので、もう半分はおそらくファレナのものだろう。つくりこそまったく違《ちが》うが、どちらも豪華《ごうか》な刺繍が施《ほどこ》されており、縫《ぬ》い付けられた本物の宝石や、貝でできたボタンなど、細かな細工も美しいものばかりだった。また、スオウの様式のものも、生《き》地《じ》は薄手《うすで》で、こちらの暖かい気候に合わせているようだ。

そして、いくつかの宝飾品《ほうしょくひん》。また、香《こう》などの嗜好品《しこうひん》もあった。

「こんなに、たくさん……」

「殿下は、お妃様がいらっしゃるのを心待ちにしておいででしたので、あれもこれもと……楽しそうに選んでいらっしゃいましたよ」

「……本当に、おやさしい方なのですね」

一応は前夫であるヤティールとは、まったく違う。ストラチエでは、ライゼの存在はほとんど秘されており、外から覗《のぞ》かれることも、誰《だれ》かが入り込んで来るようなこともないようにと、窓もない厳重に施錠《せじょう》された部屋に入れられ、一人で過ごしていた。

今思えばあれは、ヤティールがβであるのを隠《かく》していたことや、すでにあった政変の火種によるものだったのだろう。もともとスオウにいた頃《ころ》とあまり変わらない生活だったため、不満に思うこともなかったが……。

「ええ。尊いお立場にありながら、私たち使用人にもとてもよくしてくださいますし、国民にも大変人気がおありですよ。武においても隣国《りんごく》の王にも引けを取らぬ勇猛《ゆうもう》な方です」

にこにこと微笑《ほほえ》んでそういうナールの言葉には、一辺の曇《くも》りもない。心から、主人を敬愛しているのだとよく分かった。

ナールを始めとしたファレナ王国民のβは、自分たちとはまったく違う、獣人《じゅうじん》であるαを恐《おそ》ろしいと思わないのだろうか？

――思わないのだろう。

ずっと、それが当たり前の環境《かんきょう》で生きているのだ。そもそもαには、βやΩにはない、カリスマ性が備わっている。βやΩは、それに惹《ひ》かれずにはいられない。

自分だって、あの牙《きば》に嚙《か》み殺されるのではないかという死への恐れと同時に、恍惚《こうこつ》を感じていた。

いずれ、自分もナールのように、心からカシウスを慕《した》うことができるだろうか。

恐ろしいと、思うことすら忘れて……。

そう思いながら、ライゼはカシウスの瞳《ひとみ》のような赤褐色《せっかっしょく》の宝石をそっと撫《な》でた。

◇

「お妃様《きさき》」

呼ばれて、ライゼはキャンバスに向けていた目を、声のしたほうへと向ける。キャンバスの向こうに置かれている鳥籠《とりかご》の中で、美しい尾羽《おばね》を持った小鳥がぴゅい、と小さく鳴いた。

「……あ、ナール」

ナールはライゼの言葉に、どこかほっとした様子を見せる。

「ごめんなさい、ひょっとして何度か声をかけてくれましたか？」

「いえ、集中なさっているところに申し訳ありません。昼食の支度《したく》が調《ととの》いましたので」

そう言ったナールに頷《うなず》いて、ライゼは絵筆を置き、椅子から立ち上がった。

本当はもう少し切りのいいところまで描《か》いてしまいたかったが、仕方ない。二日ほど前、もう少し待って欲しいと言ったときに、遠慮《えんりょ》がちにではあったが、はっきりと拒否《きょひ》されていた。

ナールは大抵《たいてい》のことは聞いてくれるが、食事に関してだけは譲《ゆず》らないようだ。

これはおそらくカシウスから、ライゼにきちんと食事を摂《と》らせるように言い含《ふく》められているのだろう。

自分の役目が、子を産むことである以上、体調管理に気を配るのは当然だ。ライゼもそれは分かっているから、あれ以来、こうして食事に呼ばれれば素直《すなお》に向かうようにしていた。

――カシウスの番《つがい》となり、最初の発情期を終えてから、もう二週間が経《た》つ。

後宮での生活は思っていたより、ずっと快適なものだった。

もちろん、獣人であるカシウスを恐ろしいと思う気持ちがなくなったわけではない。

だが、カシウスは夜以外、ほとんどライゼの前に姿を現さなかったし、夜も訪《おとな》いがあるのは灯《あか》りを落としてからで、朝は目覚める頃にはいなくなっている。

傍《そば》に仕えてくれているナールもβであるため、獣人ではないし、他《ほか》に姿を見せる使用人たちはすべてβの女性だ。これは、カシウスの気遣《きづか》いもあるだろう。

ありがたいことだ、と素直に思う。

カシウスが自分に向けてくれる気遣いは、それだけではない。

カシウスは、あれ以降も様々な贈り物をしてくれていた。それは衣類であったり、宝石であったり、美しい装丁《そうてい》の本やいい香《かお》りのする花、ときにはきれいな声で鳴く美しい小鳥だったりもする。そして、それらには必ずと言っていいほど、直筆の手紙が添えられていた。

どんな理由でその贈り物を選んだのかを告げ、好きなものや、興味のあるもの、欲しいもの、足りないもの、そういったものを問う内容だ。

それらに、もらったものだけでも充分《じゅうぶん》過ぎるほどだと返していたライゼだったが、趣味《しゅみ》を問われて絵を描くことだと答えたあとは、すぐに画材が贈られてきた。

道具はどれも一級品で、庶民《しょみん》ではとても手の届かないような高価な絵の具や、使ったことのないようなものもあり、その日からライゼは、ほとんどの時間をキャンバスやスケッチブックに向かって過ごしている。

手紙には、書きかけのライゼの絵に対する感想が添《そ》えられるようになり、最近では、朝起きてその手紙を開くのが、少し楽しみだった。

自分に、こんなにも穏《おだ》やかで退屈《たいくつ》な日々が訪《おとず》れたことが、ライゼには不思議に思える。

Ωだということが分かって以来、ライゼはずっと王宮の奥で、いずれαに嫁《とつ》ぐために、マナーや芸術などのある程度の教養を身につけさせられていた。

絵画もその一環《いっかん》であり、歌や踊《おど》り、楽器なども一通りはできるように教育されている。

ただ、ファレナに関しては、情報はかなり足りていない。ストラチエのことは、歴史や経済などについても学ばされたが、ファレナのことはまったくと言っていいほど知らなかった。

それくらい、自分がファレナに嫁ぐことは想定外だったのである。

だから、無教養であることを叱咤《しった》されることもあるかもしれないと、そう思っていたのだが……。

「そんなこと、全然なかった……」

「どうかなさいましたか?」

「あ、いえ、なんでもありません」

不思議そうに首を傾《かし》げたナールに頭《かぶり》を振《ふ》って、ライゼは目の前の食事に手をつけた。

豪勢《ごうせい》な食事だが、量はそれほど多くはない。初日はこの倍以上はあったのだが、ライゼの食事量に合わせて、少し多い程度になっていた。

こんなにたくさんは食べられないし、もったいないからと言ったのをちゃんと聞いて貰《もら》えたことにほっとしている。

自分の意見が通る、というのはライゼにとっては新鮮《しんせん》な経験だった。

Ωは国にとって重要な存在ではあったから、大切にされていたとは思う。けれど、それはあくまで国の『財産』としてだ。

王宮に入る恩賞として、多額の金をもらった。つまり、金で買われたも同然だ。孤児院《こじいん》にいた頃とはもちろん、両親と暮らしていた頃と比べても、贅沢《ぜいたく》な暮らしだったが、自由はなかった。ライゼの言い分が通ることなど、当然ない。

嫁いだあとも、これまでと大差ないか、むしろ酷《ひど》くなるのではないかと思っていた。子を産むためだけに飼われるようなものなのだろうと思っていたし、獣人の評判からすれば、殺されることだけはないとしても、惨《むご》い扱《あつか》いをされる可能性もあるのではないかとすら考えていたのだが……。

獣人が恐ろしいばかりの存在であるとは、もう思えない。

少なくとも、今現在の状況《じょうきょう》に不満は一切《いっさい》なかった。

――そう、不満はない。

不満に思うなんて、烏滸《おこ》がましいにもほどがある。けれど、何も気にかかることがないといえばそれは嘘《うそ》だ。

「あの、ナール……」

「なんでしょう？」

食後のお茶を用意しながら、ナールが首を傾げる。

「殿下《でんか》のことなのですが……」

そう口にしたものの、なんと言っていいかわからず、ライゼは言い淀《よど》んだ。

カシウスの顔を見ずに済むことに、最初はほっとしていた。それは事実だ。今だって、自分が心安らかにあるのは、そのおかげかもしれないと思う。

けれど、カシウスの気遣いを感じるたびに、あれ以来一度もその顔を見ていないことが淋《さび》しいような、そんな気がして……。

我ながら、勝手だとは思う。それにもちろん、自分の役目は子を産むことなのだから、発情期以外は放置されても何もおかしなことではない。

だが、嫌《きら》われているならばこんな気遣いはされないだろう。毎夜同じベッドで寝《ね》る必要もない。だとすると……。

「――お仕事がお忙《いそが》しいのでしょうか？」

そう訊《き》いたライゼに、ナールはパチリと瞬《しばたた》き、それから曖昧《あいまい》に頷く。

「確かに、ご多忙《たぼう》でいらっしゃいますが……」

「そう、ですよね」

やはり、忙しいのだ。

だが、そうだとしても、自分が眠《ねむ》ってから寝室《しんしつ》に来て、起きる前にはいなくなっているというのは心配である。

「毎晩、お帰りが遅《おそ》いようですが……その……ちゃんと休まれているのか……お、お食事などはきちんと摂《と》られているのでしょうか？」

ライゼにはきちんと摂らせているけれど、本人はどうなのか？

「もちろん、殿下はきちんと体調管理をなさっていると思いますが……」

そう言ってナールは一度言葉を切ると、迷うように視線を落とし、それから再び口を開いた。

「気になるようでしたら、お尋《たず》ねになればどうでしょうか？」

「……殿下に、ですか？」

「ええ。きっと、殿下は喜ばれると思います」

ナールはっきりと頷《うつむ》き、そう言った。

ライゼは言葉に詰まり、俯《うつむ》きそうなったのをごまかすようにカップの縁《ふち》を見つめる。

カシウスに尋ねるということは、その姿を見るということだ。

いや、もちろん、夜の暗がりの中でだって話はできる。

しかし『まだあなたを恐《おそ》れているのだ』と暗に伝えながら、その身を案じることにどれだけ意味があるだろう？

それに……そもそも、自分はまだ彼を恐れているのだろうか？

ここに来た日に見た、あの顔を思い出す。

狼《おおかみ》にそっくりな、前に突《つ》き出た鼻と、大きな口。その間に見える鋭《するど》い牙《きば》、自分を見つめた獰《どう》猛《もう》な瞳《ひとみ》。

けれど……。

そう思って、ライゼは顔を上げ、室内を見る。サイドボードの上にも、飾《かざ》り棚《だな》にも、カシウスに送られたものがいくつも飾られている。それらがどんな言葉とともに送られたものかも、ライゼははっきり覚えていた。

それに、目《め》隠《かく》しをして過ごした発情期の間……。情交の合間に自分の口に食べ物を運んでくれたあの手は、いつもただやさしかった。

怖《こわ》くないと、言い切ることは、とてもではないけれどできない。

それでも、あの人が恐ろしいだけの、自分とは違《ちが》う生き物なのだとも、もう思えなかった。

思案しながら昼食を終え、ライゼは寝室にあるチェストの二段目の抽斗《ひきだし》を開けると、丁寧《ていねい》にしまってある手紙を眺《なが》める。

今朝来たばかりのものを手にとって開くと、取り出した便箋《びんせん》には、もう見慣れた文字が並んでいた。

そこにはライゼの体調を案じる言葉や、昨日の返事に書いた好きな詩集の感想。ナールから聞いたライゼの生活について、贈《おく》った宝飾品《ほうしょくひん》の一つを気に入ったようだが、気に入ったのは石か、デザインかという問い。そして、ライゼの今描《か》いている小鳥の愛らしさや、尾羽《おばね》の繊細《せんさい》さを褒《ほ》め、色が付くのが楽しみだということなどが書かれている。

ライゼはそれを持ってテーブルへと行き、ナールにインク壺《つぼ》とペンを持ってきてもらうように頼《たの》むと、返事を書き始めた。絵の続きも気になるけれど、午後の一番に手紙の返事を書くのが習慣になっている。

体調はいいし、小鳥の絵も色を付け始めた。ナールが言う気に入った宝石は、一度だけ見たカシウスの瞳と似た色をしているように思ったこと、小鳥の声につられたのか、庭にくる鳥が増えて楽しいということ……。

しばらくして、ナールがお茶を持ってきてくれた。

「楽しそうですね」

「え？」

ナールの言葉に、ライゼは少し考えて、ゆっくりと頷《うなず》く。

「ええ……楽しいです」

言われて初めて気づいたけれど、どうやら自分はこの時間を楽しみにしているらしい。

最初はただ緊張《きんちょう》していた。おかしなことを書いて不興を買わないか、この表現は不敬ではないかと、悩《なや》んでばかりで……。けれど、最近はもうそんなふうには思わなくなった。

「殿下は私が何を書いてもよろこんで下さるようで……私もそれが嬉《うれ》しいんです」

カシウスからの手紙はいつだってやさしい。毎夜のように同じベッドで眠りながら、目を見ることも、言葉を交《か》わすこともせずにいるような番《つがい》に、どうしてこうもやさしくしてくれるのだろうかと思うほどだ。

あの日見た恐ろしい容貌《ようぼう》と、そのあとの嵐《あらし》のような発情期の交合。怖いほどの快感と、突き立てられた鋭い牙に与《あた》えられた熱。

それらのすべてが夢だったのではないかと思うほど、愚《おろ》かではない。

けれど、本当はこのやさしさこそが、カシウスの本質なのではないかと、そんなふうに思い始めている。

それならば……。


ざぁざぁと耳障《みみざわ》りな音に混じって、子どもの泣き声が聞こえる。

誰《だれ》か、助けて。

誰でもいい。

ここから、出して。

ドアの外、少し離《はな》れた場所からは重い足音が響《ひび》くのに、ここに近付く者はいない。ざぁざぁと鳴っているのは波の音だ。時折届く怒鳴《どな》り声は近くなったり、遠くなったりする。

高い声はやがてすすり泣きになり、苦しげにしゃくり上げる吐息《といき》へと変わる。

暗い部屋の中に子どもが一人、蹲《うずくま》るように身を丸めている。

それを自分だと認識《にんしき》した途端《とたん》、視界が暗くなる。自分の心が、十一歳の頃《ころ》に戻《もど》されるのがわかる。

これは夢だと思っていたはずなのに、恐怖《きょうふ》と不安にただ泣きながら震《ふる》えることしかできなくなった。

暗闇《くらやみ》に押し潰《つぶ》されるようにして、徐々《じょじょ》に息が苦しくなる。喉《のど》を押さえれば、その手に触《ふ》れるのは硬《かた》い金属の首輪だ。

誰かここから出してと、祈《いの》るような気持ちでただ自分の体を抱き締《だし》めた。

その耳に、怒声《どせい》に近い声が届く。先ほどまでよりもずっと大きく響く靴《くつ》の音にライゼはそっと顔を上げた。

誰かが近付いてくる。

そして、じっと見つめるその先で、ドアのノブが回った。

「あ……っ」

驚《おどろ》きに息を呑《の》んで、ライゼは弾《はじ》かれたように目を見開く。

一瞬《いっしゅん》、ここがどこか分からなかった。

だがその視界に、カシウスがいたことに気づいて、思わずびくりと肩《かた》を震わせる。

「——起こしたな。すまん」

そんなライゼに、カシウスはそう言うとスッと踵《きびす》を返した。それが、自分から姿を隠《かく》そうとしているのだと分かった。

そうしてようやく、自分がどこにいて、今がどういう状況《じょうきょう》なのかを思い出した。

自分はカシウスを待っていたのだ。昼間、ナールに言われてからずっと考えて、やはり顔を見て言おうと、そう思った。

だから、カシウスが帰るまで起きて待っていようと、居間のソファで素描《そびょう》をしていたのだが、いつのまにかうとうとしてしまったらしい。

「ま、待ってください！」

寝起《ねお》きの掠《かす》れた声で、ライゼはカシウスの背中に声をかける。

「……灯《あか》りを消すだけだ。そのほうがいいだろう」

その言葉に、やはりカシウスが暗い間だけ寝室を訪《おとず》れて自分に姿を見せなかったのは、カシウスの姿を恐ろしがるライゼを気遣《きづか》ってのものだったのだと確信を得る。

「いいえ、そのままで……お願いします」

「だが――――」

「今は寝起きだったから驚いただけです。それに、恐ろしい夢を見て……」

あなたを恐れたわけではないと、信じて欲しかった。

「恐ろしい夢？　確かに魘《うな》されていたようだったが……それは、よく見るのか？　どんな夢だ？」

「え？　ええ。あの、私は昔一度誘拐《ゆうかい》されたらしいのです……それで、そのときのことを」

夢の内容を問われるとは思っていなかったが、嘘《うそ》ではないと示すためにも、ライゼはそう口にした。

「誘拐された……らしい？」

「はい。あまりに怖かったのか、そのあたりのことはほとんど記憶《きおく》がなくて……」

「――――なるほどな」

カシウスは、なぜか得心がいったというように頷く。

「……ひょっとして、私は今日以外にも魘されていたことがあるのでしょうか？」

その態度と、よく見るのか、という先ほどの問いを思い出して訊《き》くと、カシウスは「ああ」と頷いた。

「たまにだが……初めてではないな」

「ご迷惑《めいわく》をおかけしていたなら申し訳ありません。ですが、とにかく、怖《こわ》かったのは夢です。殿下《でんか》のことはもう……怖くありません」

本当はまだ少し怖いけれど、その気持ちをねじ伏《ふ》せるようにライゼはそう言い切る。言い切ることが今の自分には、必要だった。

きっと、それがよかったのだろう。ようやく、カシウスがこちらを振《ふ》り向く。

今度は肩を揺《ゆ》らすような真似《まね》はせずに済んだ。

それに、言葉にしたせいか、不思議と本当に怖くないようにも思えて……。

「本当か？」

その問いにも、微笑《ほほえ》んで頷くことができた。

カシウスの爪先《つまさき》がこちらを向く。けれどまだその場からは動かない。

「ならば、俺にキスができるか？」

思わぬ言葉に、ライゼはパチリと瞬《しばたた》く。

それはけれど、なんだかとてもかわいらしい響きのようにすら感じられた。あの夜恐《おそ》ろしいと震えた、食われるのではと恐れたその口の、どこまでが果たして唇《くちびる》と言えるのだろうかとそんなことを思う。

だが、もう答えは一つしかなかった。

「できます」

そう頷《うなず》くと、カシウスはようやくライゼに近付き、ソファに片膝《かたひざ》を乗せる。

「触《さわ》っても……？」

「ああ……。好きにしろ」

その言葉に従って、そろそろとその顔に触れた。口の端《はし》を確かめるように指で辿《たど》り、ゆっくりと顔を寄せる。

目を閉じて、そっとキスをした。

「信じて、くださいますか？」

「……ああ、信じた」

「あっ」

そのままソファの座面に押し倒《たお》されて、ライゼは驚きの声をあげた。

けれど、のしかかるカシウスを見ても、あの日のような恐怖は感じなかった。

だが、その分驚きは大きい。カシウスの手が、ライゼの体をまさぐるように動いたからだ。

「あ、あの……っ」

「なんだ？」

「今は、その、発情期ではないのですが」

「……いやか？」

訊かれて、慌《あわ》てて頭《かぶり》を振る。

だが、発情期ではないときに抱《だ》かれても、妊娠《にんしん》することはない。それをカシウスが知らないはずもないと思うのだが……。

「殿下はいいのでしょうか……？」

「いいに決まっている」

そう言って、ふんと軽く鼻を鳴らすと、カシウスはライゼのシャツのボタンを外し、耳の下に鼻面《はなづら》を押し込むようにして首筋を甘嚙《あまが》みした。

くすぐったさと同時に、ぞくりと甘い寒気が背筋を震わせる。

「怖いか？」

「いいえ」

ふるりと頭を振ると、カシウスは首筋を舐《な》め、親指でやさしく乳首《ちくび》を押し潰した。

「あ……っ」

まだ柔《やわ》らかいそれを、押し潰しながら円を描《えが》くように捏《こ》ねられて、あえかな声がこぼれる。

発情期のときのような、怖いほどの快感はない。

けれど、じわじわとほのかな快感が湧《わ》き上がり、少しずつ息が上がっていく。それが恥《は》ずかしくて、頰《ほお》が熱くなった。

どうしてだろう？　もう何度も抱かれた体だ。自分は目隠《めかく》しのせいで見ていないけれど、カシウスはもう、ライゼの体で知らない場所などないに違《ちが》いない。

なのに、あのときよりもずっと恥ずかしい。

カシウスの指が動くたびに震えそうになる体を、必死で抑《おさ》える。そうして硬《かた》く身を強《こわ》ばらせていると、カシウスが少しだけ顔を上げた。

「やはり、気が進まないか？」

「ち、違います……！」

カシウスの言葉に、ライゼは慌ててそう口にした。このままではまた誤解されそうな気がして、どうにか口を開く。

「は、発情期でも、ないのに……こんな、感じてしまって……はしたないと思われるのではないかと……」

言いながら、ますます熱くなる頬を手で覆《おお》った。カシウスはそんなライゼをまあるく見開いた目で見つめ、それからゆっくりと目を細める。

「そんなことを心配していたのか」

「……申し訳ありません」

「謝る必要はない。俺に触《ふ》れられて、気持ちがいいんだろう？」

その問いに、ライゼは恥じ入り、目を伏せて小さく頷く。

「なら、俺は嬉《うれ》しい」

「本当ですか……?」

ちらりとカシウスを見ると、カシウスはその視線に応《こた》えるように頷いた。

「いくらでも気持ちよくなってくれ」

「……はい」

消え入りそうな声で返事をして、ライゼはようやく体の力を抜《ぬ》く。

「ん……っ」

いつの間にか尖《とが》っていた乳首を、カシウスの舌が舐める。

「あ、ん、ん……っ」

なぜこんなところが気持ちいいのか分からない。

けれど舐められ、舌で突《つつ》かれると、それだけで腰《こし》の奥からじわじわと快感が湧き上がってくる。

そのまま何度も舌でなぞられ、もう片方の乳首を指できゅっと摘《つま》まれた。

「あ……あぁっ」

ほんの少しの痛みは、すぐに舌で与《あた》えられる快感に紛《まぎ》れていく。そうやって何度も何度も繰《く》り返されるうちに、ちりちりとした痛みまで快感になっていくようだった。

けれど、徐々《じょじょ》にそれがもどかしくなり、ライゼは切ない吐息《といき》をこぼし始める。

「あぅっ」

ぎゅっと押し潰《つぶ》すようにされて、びくりと体が震《ふる》えた。

「あっ……ふ……っ」

散々弄《いじ》られた乳首は真っ赤に充血《じゅうけつ》し、先端《せんたん》をそっと撫《な》でられるだけで、じわりとなにかが漏《も》れ出すような気がする。

小さな乳輪を舌で辿られると、もっと強く触れて欲しくてたまらなくなった。

「気持ちがいいか？」

「気持ち、いい、です……あぁっ」

答えた途端《とたん》、ぎゅっと痛いくらいの力で摘まれて、びりびりと体が痺《しび》れる。とろりと、足の奥が蕩《とろ》けるように濡《ぬ》れていくのが分かる。

発情期でもないのに、こんなふうになるなんて……。

けれど、カシウスが望んでくれるなら、それに応えることができてよかったと思うべきだろう。

カシウスは一度体を起こすと、ライゼのズボンを下着ごと取り払《はら》う。そうして足を大きく開き、その間に顔を埋《うず》めた。

「あっ、ああっ」

じゅる、と濡れた音がしたのは、自分がそれだけ乳首で気持ちよくなってしまった証拠《しょうこ》だろう。

先端部分を咥《くわ》えられて、そのまま唇で締《し》めつけるように扱《しご》かれた。気持ちがよすぎて、寒気にも似た快感が背筋を這《は》い上がる。濡れた声がひっきりなしに口からこぼれるのを止められない。

「あっ、ああ……っ」

自分でもあっけないと思うほどの速さで、絶頂まで駆《か》け上る。

カシウスの口に出すなんて許されないとか、恥ずかしいとか、そんなことを考える余裕《よゆう》もなかった。

そして、その余韻《よいん》に浸《ひた》る暇《ひま》もなく、今度はもっと奥、すでにとろとろと濡れて、誘《さそ》うように蠢《うごめ》く場所へと硬《かた》く尖ったものが触れる。

「ん……あ、ああ…っ」

ゆるゆると頭を振《ふ》るけれど、体のほとんどは快感の余韻に蕩けていた。

硬いものが指だと分かったときにはもう、中に入り込まれている。

「っ……あ…、あぁ…」

くちゅりと濡れた音がする。発情期じゃなくてもそこが濡れるのだと、ライゼはあらためて知った。濡れた場所はカシウスの指をあっさりと受け入れ、締めつける。

「あ……んっ……んっ」

「中が動いているのが、分かるか？」

言葉通り、自分の中がカシウスの指を食《は》むように蠢いているのが分かって、頬が燃えるように熱くなった。

「も、申し訳、ありません……っ」

「謝る必要などない」

きゅうきゅうと締めつけている場所を、割り開くように指が進む。濡れているとはいえ、発情期のようにはやはりいかないのだろう。

指が増やされると、多少きつくなる。だが、カシウスは道を作るように、何度も抜き差しを繰り返し、そこを広げていく。

今は触れられていない場所が、また少しずつ硬くなってしまう。

やがて指を抜かれ、カシウスがズボンの前を開く。膝裏《ひざ》に触れた手が、脚《あし》を持ち上げた。熱いものが先ほどまで指が入り込んでいた場所に押し当てられる。

「入れるぞ」

本当は、少しだけ怖《こわ》かった。発情期でもないのに、こんなふうに体を重ねることが……。

けれど……。

「……は、はい」

頷《うなず》いた途端、ぐっとそこが割り開かれた。

「あ…っ、あ、あ……んっ」

ゆっくりと、カシウスのものが入り込んでくる。

苦しい。痛みはほとんどなく、だが、蕩けるような歓喜《かんき》とも違う。狭《せま》い場所を押し広げられて息苦しく、開かれる違和感《いわかん》に体が震える。

だが、やめて欲しいとは思わなかった。

発情期でもない自分に、カシウスが欲情してくれているのだと思うと、それだけで胸がいっぱいになってしまいそうで……。

「んっ、んうっ……」

ぐっと上から押し込むように、深い場所まで押し入れられて、ようやくカシウスの動きが止まる。

「全部…入ったな」

カシウスはそう言って、獰猛《どうもう》な笑《え》みを浮《う》かべる。ぞくぞくと、背筋が痺れた。きゅうっとそこが、カシウスのものを締めつけたのが分かる。

「動くぞ」

「は、い…っ……殿下《でんか》のお好きなように……」

口にした途端、中にあるカシウスのものが少し、大きくなった。

「後悔《こうかい》するなよ……っ」

犬歯を剥《む》き出しにして、小さく唸《うな》ると、ずるりと中から抜き出される。

「あ……っ、ああっ、あ、あ！」

すぐにまた奥まで埋められて、また抜かれて。

その動きが少しずつ速くなっていく。

「あぁ、あ…っ、あ…っ、あっ、あ……っ」

抜き差しされるたびに、繋《つな》がった場所からも、ひっきりなしに水音がする。もう、息苦しさはない。

「あ、あんっ……あ…っ」

中をかき混ぜられて、与えられる快楽にただ声をこぼした。

「ひっ…あー…っ」

浅い場所を何度も擦《こす》られて、前に触《ふ》れられることもないまま絶頂に達してしまう。

それでも、カシウスのものはまだ中をかき混ぜていて……。

びくびくと震える体を抱《だ》き上げられ、下から突き上げるように揺《ゆ》さぶられる。

カシウスの肩《かた》に縋《すが》るように抱きついて、与えられる快感に涙《なみだ》をこぼしながらも溺《おぼ》れていく。

やがて、カシウスのものを中に注がれたのを感じて、ライゼはまた快楽の証《あかし》を吐《は》き出した……。

くすぐったさを感じてふと目を開けると、ふさふさとした毛並みが目に入った。

何度か瞬《まばた》いてから、それがカシウスの横顔だと気づく。

――ああ、そうだった。

昨夜、自分はカシウスに抱かれたのだ。途中《とちゅう》でベッドに運ばれたことはぼんやりと覚えている。どうやら、あのまま眠《ねむ》ってしまったらしい。

そんなことを考えつつ、ライゼはじっとカシウスの横顔を見つめる。

朝にこうしてカシウスを見たのは、初めてだった。窓側にいるカシウスの銀の毛先が、太陽の光にきらきらと溶《と》けそうに輝《かがや》くのがきれいだと思う。

いつか絵に描《か》けたらと、そんなふうに感じることによろこびと、なにより安堵《あんど》を感じて、ライゼは微笑《ほほえ》んだ。

怖くないと口にした言葉は、もう嘘《うそ》ではなくなった。

そうして、ただじっとカシウスを見つめていると、程《ほど》なくしてカシウスも目が覚めたらしい。髭《ひげ》を震《ふる》わせてからそっと目を開けた。

「起きていたのか」

「……はい。おはようございます」

頷くと、カシウスは寝返《ねがえ》りをうち、ライゼを抱き寄せる。

「お仕事は……まだ時間は大丈夫《だいじょうぶ》なのですか？」

「……ああ。平気だ」

真偽《しんぎ》は不明だが、カシウスはそう言うとわずかに口の端《はし》をむずりと動かす。

だがこれが本当ならば、やはりこれまでの二週間は、必要のない早起きをしていたということになる。

「できるなら、ゆっくり、お休みになってください」

そう囁《ささや》くように口にすると、抱き締《し》めていた腕《うで》に少しだけ力が入った。

「心配してくれるのか？」

「私のせいで、ゆっくりお休みになれなかったのではないかと……」

仕事のせいかとも、昨日は思ったけれど、こうなってはもう疑うべくもない。

「こんなことを言っていいのか、わからないのですが……」

「なんでも言え」

その言葉に背中を押されて、余計な世話だと思いながらもライゼは口を開いた。

「お食事も、きちんとされてくださいね」

「……ああ。そうしよう」

頷いてくれたことに、ほっとする。

そして、その言葉が本当だと証明するかのように、その日から、カシウスは仕事の会食などがないときは、ライゼとともに食事をするようになったのだった。

◇

「なんだ、ナールを描いているのか？」

一段落ついて筆を置いたところで背後から大きな声でそう言われて、ライゼはドキリとしつつ振《ふ》り返る。

そこにいたのはカシウスだ。夕食まではまだ時間があるが、あの日以来、こうして空いた時間にカシウスが顔を見せることも珍《めずら》しくなくなっていた。

「ナールだろう？」

「あ、ええ、そうです」

頷いて、キャンバスが見やすいように少し椅子《いす》を引く。そこにはお茶を淹《い》れているナールの絵が描かれている。

下書きは何日か前に済んでいたが、ここ数日は天気がすぐれなかったため、絵の具が乾《かわ》かないだろうと思い、ようやく晴れた今日になって、色を付け始めたところだった。

「人物も描くんだな」

「はい。……お気に召《め》しませんか？」

ライゼの言葉に、カシウスは静かに首を横に振る。

ていた。


「上手《うま》いものだと思っただけだ」

「手遊びのようなものです」

褒《ほ》められたことが面映《おもは》ゆく、そう言ってカシウスを見ると、視線はまだキャンバスへ向かっていた。

「色もいいが……なにより表情だな。ナールらしさが出ている」

「……ありがとうございます」

本当にそう思ってくれているのだと分かって、恥《は》ずかしさと同時にうれしさがこみ上げる。カシウスの立場ならば、本物の画家の描いたすばらしい絵画を、いくらでも目にしたことがあるだろうに……。

「ところで、ライゼは部屋に籠《こ》もってばかりいるようだが、庭の散策はしたか？」

「庭、ですか？」

首を傾《かし》げると、カシウスがわずかに目を細める。それがどうやら笑っているのだと、最近気がついた。

「この部屋にいるだけでは退屈《たいくつ》だろう？」

「退屈だなんて……」

確かにそうではあるが、それを厭《いと》っているわけではない。むしろこれを安寧《あんねい》というのだろうと、日々カシウスに感謝しているほどだ。

「私には充分《じゅうぶん》すぎるくらいです。ナールも、とても良くしてくれますし……なにより、殿下《でんか》がいらしてくれるのですから」

そう言ってライゼが微笑むと、カシウスは軽く目を瞠《みは》り、それから咳払《せきばら》いをした。

「……そうか」

「はい。ですが、どこかお連れいただけるというならば喜んで」

カシウスが何かしたいことがあるというならば、逆らうつもりはなかった。

「なら行こう」

促《うなが》されて立ち上がると、カシウスについて部屋を出る。

カシウスは迷うことなく庭に出ると、奥へと足を進めていった。庭には白い石畳《いしだたみ》が敷《し》かれている。その上を進むカシウスを、ライゼは小走りに追いかける。

前に、ナールに後宮内を案内して貰《もら》ったときは、奥までは行かなかった。部屋の見える範囲《はんい》を少し歩いたが、それだけだ。

ふと、カシウスが立ち止まってライゼを振り返り、手を差し出す。

「すまん。歩くのが速かった」

「そんな、お気になさらず……」

「手を出せ」

言われるままに差し出すと、そのまま手を引かれた。ライゼの手をすっぽりと包み込んでしまいそうなほど、大きな手だ。

Ωは体型の小さいものが多いらしいが、それだけでなく、人種的にもファレナの人間はスオウの人間よりも大きいように思う。ナールはさすがに自分より小さいが、時折見かけるメイドなどは、自分とそれほど体格が変わらなかったりする。その中でもαだからなのだろうか？

カシウスは体格がいい。

「痛かったか？」

「え？」

握《にぎ》っていた手が緩《ゆる》むのを感じて、ライゼは反射的にその手を握り返した。どうやら、ライゼがじっと繋《つな》がれた手を見ていたため、誤解されたらしい。

「痛くなど、ありません。あの……大きな手をしていらっしゃる、と思っていただけで……」

「……そうか。確かに、ライゼの手は小さいな」

歩きながら、カシウスはすいとライゼの手を持ち上げて、まじまじと見つめる。

「この手から、あのような美しい絵が生まれると思うと、不思議な気もするな。絵筆が大きすぎたりはしないか？」

「大丈夫です」

どこかおかしな気遣《きづか》いに、ライゼはくすりと笑う。

なんだか、この人を怖《こわ》いと思っていた自分が不思議だった。自分の手を引くカシウスの手はやさしく、歩く速さも先ほどより随分《ずいぶん》とゆっくりだ。

獣人《じゅうじん》は野蛮《やばん》だなんて、嘘《うそ》ばかりだ。ファレナが獣人の治める野蛮な国だという話も。

心根だけで言ったら、スオウで自分の周りにいた人間のほうがよほど……。

そう思って、不意にライゼは立ち止まった。

「どうした？」

「い、いえ、何でもありません」

すぐに頭《かぶり》を振って、また歩き始める。今度は慎重《しんちょう》に、歩みを止めることがないようにと意識して。

ライゼの足を止めさせたのは、自分もまた、そのスオウの人間であるという事実だった。

ファレナを蔑《さげす》み、獣人を恐《おそ》ろしいものだと思っていたのは、自分も同じ……。そして、今なお彼らの言われるままに、カシウスを欺《あざむ》いている。

「ここだ」

思考に飲み込まれそうになったライゼを、カシウスの声が引き上げる。

いつの間にか、目的地に到着《とうちゃく》していたらしい。そこには一つの、大きな鳥籠《とりかご》にも似た形の建物があった。

驚《おどろ》いたことに、その建物はほとんどが、ガラスでできていた。しかも一枚一枚のガラスが大きい。

なんという贅沢《ぜいたく》だろう。こんな大きなガラスを大量に使った建物を、庭の奥にぽんと建ててしまえるなんて。薄々《うすうす》感じてはいたが、ファレナは随分と栄えているのだろう。

手を引かれて中へ入ると、たくさんの花々が咲《さ》き乱れており、その花々の間に動物を模した可愛《かわい》らしい彫像《ちょうぞう》が置かれている。そして……。

「これは……お風呂《ふろ》、ですか？」

建物の中心に、四角い浴槽《よくそう》のようなものを見つけて、ライゼは首を傾げる。近くには、一段高い場所にカーペットやクッションの置かれたスペースもあった。その上にはシェードが吊《つる》されており、直接日が当たらないように工夫《くふう》されている。

「いいや、これはプールだ」

「ぷーる？」

聞いたことのない言葉だ。

「風呂と違《ちが》って、張ってあるのは水だ。暑い日に泳いだり、水浴びをしたりするためのものだな」

「はぁ……」

スオウにはない習慣だった。水を浴びるといったら専《もっぱ》ら川か、井戸水《いどみず》と相場が決まっていたように思う。

もっとも、ライゼ自身がそんなことをできていたのは十一になるまでの、子ども時代のことだし、単に風呂が使えないほど貧しかったというだけのことだ。

もちろん、冬場はさすがに教会でも風呂を沸《わ》かしてくれたけれど、こんな大きな湯船ではなかった。

「水浴びは嫌《きら》いか？」

「いえ……随分としていないので」

「足をつけるだけでも気持ちがいいぞ」

「確かに、そうかもしれませんね」

不思議とこの建物の中は、外よりも随分暖かい気がする。少し蒸《む》し暑いくらいだ。この中でなら、きっと気持ちがいいだろう。

「それに、ここは夕暮れも宵《よい》も美しい。絵心も騒《さわ》ぐだろう」

そう言ってわずかに目を細めて微笑《ほほえ》んだカシウスの目が、本当にやさしく見えて、ライゼは一瞬《いっしゅん》、息が止まるような心地《ここち》になった。

もちろん、本当に止まったわけではない。だが、心臓はそれを感知したように、いつもより も早く打っていた。

まだ繋がれたままの手が、汗《あせ》ばむ。

「ああ、ほら、日が傾《かたむ》いてきた」

指さした方向へと視線を向ける。夕日がガラスにきらきらと反射しながら入り込み、水面《みなも》を橙色《だいだいいろ》に照らしていく。

「美しいだろう？」

「————……はい」

一瞬呼吸も忘れて見入っていたライゼは、その言葉にゆっくりと頷《うなず》いた。そのまま少しずつ色を深めていく景色を見つめる。

すると……。

「あ……」

不意に、肩《かた》を抱《だ》かれて、ライゼはカシウスを見上げる。

「日が沈《しず》むとここは急に寒くなるから、体を冷やさないよう気をつけろ」

「はい……ありがとう、ございます」

絞《しぼ》り出すようにそう言って、ライゼは頭を下げた。

なぜだろう？　喉《のど》の奥がきゅうっと詰《つ》まったような、そんな心地がして苦しい。心臓がどきどきと早鐘《はやがね》を打っている。

ちらりとカシウスを見れば、その毛並みを夕日の橙色が彩《いろど》っていて、美しさに小さくため息がこぼれた。

いつか、カシウスを描《か》かせてもらうことができたら……。そんなことを考えて、すぐに不遜《ふそん》だろうと打ち消す。

「どうかしたか？」

「い、いえ……あまりに美しいので、ついため息が……」

ライゼの言葉にカシウスは目を細めて微笑む。

「気に入ったか？」

「はい、もちろんです。連れてきていただいてありがとうございました」

「礼を言う必要などない。ここはお前の庭だ」

「私の……庭」

確かに、この後宮で暮らすのは、今は自分一人だ。だが、ここが自分のものだなんて、そんなふうに考えたことは一度もなかった。

だが……。

「なんだ？　俺がお前以外にもここに、愛妾《あいしょう》でも入れると思ったか？」

ほんの少し不機嫌《ふきげん》な口調でカシウスはそう言うと、ライゼをじっと見つめてくる。

「い、いえ、あの……」

なんと応《こた》えることが正解かわからず、ライゼは口ごもる。

どうやら、誤解させてしまったようだ。

スオウの王族の中には番《つがい》であるΩ以外にも愛妾を持つ者はいるし、ファレナで同じことがあっても、おかしな話ではない。

だが、ライゼがここを自分の庭だと言われて戸惑《とまど》ったのは、単に自分はここを間借りしているというような、そんな感覚でいたためだ。

自分でも図々《ずうずう》しいと思うが、カシウスがほかの妃《きさき》を持つことを考えたことはなかった。

とはいえ、もしもカシウスが他《ほか》の者を妃や妾《めかけ》にしたいというならば、自分にはそれに意見する権利はない。

そう思うと、それはカシウスの自由だと、答えるべきかとも思うのだが……。

「心配せずとも、俺はお前以外のものをここに迎《むか》える気はないぞ？」

ライゼが答えに窮《きゅう》していると、カシウスはそう言ってライゼの肩を抱く手にわずかに力を込めた。

「……そうなのですか？」

思わずぱっとカシウスを見上げると、カシウスが少し驚いたように目を見開く。

「ああ、そうだ」

そして嬉《うれ》しそうに頷いて、ライゼの頬《ほお》に軽く鼻面《はなづら》をすり寄せた。

先ほど少し不機嫌そうだと思ったのは、自分の気のせいだったのかもしれないと思うほどだ。

そのことに、ほっとしたライゼだったが……。

「俺の番も、妃もお前だけだ」

耳元で囁《ささや》くように落とされた言葉に、大きく目を瞠《みは》る。

――番も、妃もお前だけだ。

ありがたいことだと、思うべきだろう。

それだけ大切に思ってくれているのだと、歓喜《かんき》するべきだ。

けれど――自分はカシウスだけの妃ではなかった。

ここに来る前に、わずかとはいえ、ほかの男に嫁《とつ》いだ身だ。しかも、それを秘密にしている。

騙《だま》しているのだ。

そのことを、カシウスが知ったらどう思うだろう？

こんなふうにやさしくしたことを、後悔《こうかい》するだろうか？　騙していた自分を軽蔑《けいべつ》するだろうか……。

考えただけで胸が痛んで、ライゼは顔を俯《うつむ》けて一度強く唇《くちびる》を噛《か》む。

カシウスに嘘《うそ》など吐《つ》きたくはない。

だが、この秘密を漏《も》らしたことがスオウの者に知られれば、エリスがどうなるか分からなかった。そう思えば、口を噤《つぐ》まざるを得ない。

「……なんだ？　嬉しくなかったか」

「いいえ！」

自分でも驚《おどろ》くほど大きな声が出た。それをごまかすように、ライゼは口元を手で覆《おお》い、視線を逸《そ》らす。

「……違います。殿下《でんか》のお心が嬉しすぎて……どうしていいかわからないのです」

嘘ではない。

嬉しいと思う。こんなにやさしくされて、幸せだとも。

けれど、そう思えば思うほど、罪悪感に胸が締《し》めつけられる。

「ならば、俺のことを殿下ではなく、カシウスと呼んでくれ」

「え……？」

「嬉しいのだろう？　ならば俺にも褒美《ほうび》の一つや二つ、あってもいいのではないか？」

「で、ですが……不敬では」

通常、自分よりも身分の高いものの名を呼ぶことは簡単に許されることではない。

「俺がいいと言っているんだ。それに、俺とお前は番だ。つまり同等の関係だろう？」

「そんな、畏《おそ》れ多い……」

同等だなんて、そんなはずがない。

自分は、ただ子を産むためだけに買われた存在なのに。

「ライゼ」

促《うなが》すように名前を呼ばれ、頬に触《ふ》れた手が、下を向いていた顔を上げさせる。

「ほら、呼んでみろ」

ここまでされて拒《こば》む方が不敬だろう。

「――……カシウス様」

そう、震《ふる》える声で呼んだ途端《とたん》、カシウスがライゼを抱《だ》き寄せた。

「ああ、そうだ。それでいい！」

背中を抱かれ、大きな声で嬉しそうにそう言われて、ライゼは少しだけ泣きそうになる。

胸が、痛い。

「さて、戻《もど》るか。そろそろ夕食の支度《したく》も調《ととの》うだろう」

カシウスの言葉に頷いて、そっとその腕《うで》から離《はな》れる。

「……どうした？」

「え？」

「悲しそうな顔をしている」

「そ……そんなことは……」

顔に出てしまっていたのかと、慌《あわ》てて頭《かぶり》を振《ふ》る。けれど、問うようにじっと見つめてくるカシウスの視線に、何か言い訳しなくてはと口を開いた。

「で、殿下の腕の中が、心地《ここち》よかったので……淋《さび》しくて……」

言いながら徐々《じょじょ》に、一体自分は何を言っているのかと狼狽《ろうばい》してしまう。

「も、申し訳ありま……っ」

けれど謝罪を口にしようとしたライゼをカシウスが再び抱き締める。

「そんな可愛《かわい》らしいことを言われては、離せなくなるだろう……っ」

「で、殿下？」

ぎゅうぎゅうと、胸の中に閉じ込めるように抱き込まれて、戸惑いながらもその体温にどこかほっとした。

どうしてだろう。ちくちくと胸を刺《さ》す罪悪感は確かにそこにあるのに、それでもこうして触れられることに安堵《あんど》してしまう。

「――カシウスと呼べ」

「……はい。カシウス様」

頷《うなず》いて名を呼ぶと、カシウスは満足げに「それでいい」と笑った。

そして……。

「あっ」

突然《とつぜん》、その腕に横抱きにされて、ライゼは驚きの声を上げる。

「で……カシウス様？」

「離れがたいんだろう？　だが夕食の時間なのも確かだからな」

言いながらカシウスはゆっくりと歩き始める。どうやら、このままライゼを部屋まで運ぶつもりらしい。

「い、いいえ、もう平気です。あの、下ろしてください。自分で歩けますので……」

「遠慮《えんりょ》するな」

「そう言われましても……」

以前にもこうして運ばれたことはあったが、今は別に体調に問題があるわけではない。カシウスに自分を運ばせるなど、不敬もいいところだろう。けれど、カシウスの足取りはどこか弾《はず》んでおり、口調も楽しげだ。

「俺も離れがたいんだ」

その上、こんなふうに言われてしまえば、これ以上逆らえるはずもない。

庭を通り抜《ぬ》け、建物の中へと入った途端、メイドの姿を見かけてドキリとした。けれど、もちろん何か言ってくるわけではない。羞恥《しゅうち》に頬を熱くしながら、カシウスの胸元《むなもと》にその頬を押しつける。

結局、食事に使っている椅子《いす》に辿《たど》り着くまで、下ろしてもらうことは出来なかった。

「あ……ありがとうございました」

椅子の上に下ろされて、ライゼは口ごもりながら礼を言う。

「またいつでも言うといい」

「も、もう、大丈夫《だいじょうぶ》です……っ」

頭を振ると、カシウスは声を立てて笑った。

室内にはいつも通りナールがいたけれど、不思議とナールはどこか嬉しそうだった。

カシウスにそんなことをさせるなんて図々《ずうずう》しいと、さすがに思われるのではないかと考えていたけれど、完全に杞憂《きゆう》だったようだ。

スープやサラダ、メインの料理やパンなどがテーブルに並べられている。スープだけはすでによそわれているが、それ以外を取り分けて食べるのがファレナ流らしい。

最初のうちは一人での食事だったので気づかなかったけれど……。

今日の食事のメインは肉のようだ。ライゼの分は、そのまま箸《はし》で食べられるようにと、ナールが小さく切り分けてくれていた。

「味はどうだ？」

肉を口に運んだ途端に、カシウスにそう訊《き》かれて、ライゼは少し驚く。あまりこういった質問をされたことはなかったからだ。

「とてもおいしいです」

肉を飲み込んでからそう答える。それは嘘ではなかった。

鹿肉《しかにく》だろう脂身《あぶらみ》の少ない赤身の肉はとてもやわらかく、香辛料《こうしんりょう》が食欲をそそる。スオウにはなかった少し辛《から》い味付けも濃《こ》すぎずにちょうどよく、肉の旨味《うまみ》がしっかりと伝わってきた。

「そうか」

カシウスはそう言うと、満足げに頷く。珍《めずら》しい反応だ。

一体どうしたのだろうと考えて、尋《たず》ねるようにナールを見ると、ナールはにっこりと微笑《ほほえ》む。

「そちらの鹿は、カシウス様が狩《か》られたものです」

「そうなのですか？」

驚《おどろ》いてカシウスを見ると、カシウスはなんでもないことのように頷く。

「そうだったのですか……」

「鹿肉が好きだと、前に言っていただろう？」

確かに、言ったかもしれない。それを覚えていてくれたのか。

もう一切れ口に運ぶ。

嚙《か》みしめて、味わう。

「本当に、おいしいです。ありがとうございます。狩りもお上手なのですね」

「剣術《けんじゅつ》の次にだがな」

満更《まんざら》でもないというように小さく鼻を鳴らしたカシウスに、ライゼは微笑む。こんなにもよくしてもらって、本当に自分は幸せなΩだと思う。

けれど、よろこびに温まる胸の奥に、確かに痛みは存在している。

それをどうすることが一番いいのか、ライゼにはまだ分からなかった……。

◇

「あまり顔色が良くないな」

昼食の席で、カシウスにそう言われて、ライゼはぎくりと肩《かた》を強《こわ》ばらせた。

「……そうでしょうか？」

「ああ」

頷いて、カシウスが手を伸《の》ばし、ライゼの額に触《ふ》れる。

「熱はないようだが、体調は問題ないのか？」

「はい。どこも悪くありません」

嘘《うそ》ではない。ただ、ここのところあまりよく眠《ねむ》れずにいた。顔色が悪いというならば、きっと原因はそれだろう。

「夜もあまり眠れていないのではないか？」

「えっ」

気づかれていたのかと、ライゼは驚いて目を瞠《みは》る。

「何か、悩《なや》みでもあるのか？」

「いいえ、そんな！　そんなことは……」

咄嗟《とっさ》にそう否定したが、実際のところ自分の寝不足《ねぶそく》が、その悩みによるものであることはよく分かっていた。

カシウスに、秘密を持っていること。

一度は他《ほか》の男に嫁《か》した身でありながら、それを隠《かく》したままに自分がカシウスの番《つがい》になってしまったことが、申し訳ない。

このことを秘密にするのは、エリスの身の安全のためだったが、だからといってカシウスの側からしたら許されることではないだろう。

カシウスは何も知らずに、どこまでもライゼにやさしくしてくれる。それを嬉《うれ》しいと思うのと同時に、罪悪感は日に日に大きくなっていた。

「俺には言えないか？」

そう言って、カシウスがため息をつく。

「ち、違《ちが》います……！　ただ、あの、酷《ひど》く、個人的なことで……」

慌《あわ》てて頭《かぶり》を振《ふ》り、そう言ったが、カシウスは納得《なっとく》していないようで、ライゼに視線を向けようとしない。

その上、そのまま無言で食事を再開してしまう。

悲しませてしまったのかもしれない。ただでさえ申し訳ないことをしているという自覚があるのに……。なんとかしなければと、焦燥《しょうそう》に背中を押されるように、ライゼは口を開いた。

「あの……い、妹の、ことで……」

「妹？」

しどろもどろに口にした言葉に、ようやくカシウスが反応した。そのことにほっとする。

「はい。故郷に……残してきたものですから、今頃《いまごろ》どうしているかと心配で……」

それ自体は本当のことだったせいか、するりと言葉が出てきた。カシウスもなるほどというように頷《うなず》いている。

「スオウが恋《こい》しいか？」

「いいえ！　そんなことは決して……」

「嘘をつかなくてもいいんだぞ？」

そう言ったカシウスの声はやさしかったが、ライゼはゆっくりと頭を振った。

「本当です。スオウに未練はありません。……妹のことを除けば、ですが」

何もない、と言えればよかったのだろうが、たった今口にしたことだ。ごまかせるはずもない。それになにより、もうできる限り、カシウスに嘘はつきたくなかった。

「そうか……。そう言えば家族の話を聞いたことはなかったな。聞かせてくれるか？」

「構いませんが……」

言いながら、ライゼは苦笑《くしょう》を浮《う》かべる。

「私の家族はその妹だけなのです」

「そうなのか？」

「はい。両親を亡《な》くしてから、Ωだということが分かって、私は王宮に行くことになりました。妹は王都にある教会に預けられて、今もそこにいます」

それ以上に語れることもなく、ライゼは口を噤《つぐ》む。

「……なるほど。それでは確かに心配だろうな」

カシウスはそう言って頷くと、再び口を開く。

「妹をファレナに呼んではどうだ？」

「え？」

思わぬ言葉に、ライゼはパチリと瞬《しばたた》いた。

「もし、ライゼが望むならだが」

カシウスはなんでもないことのようにそう言うと、どうだというようにライゼを見つめている。

エリスをファレナに呼ぶ。

考えたこともなかったが、もしそれが許されるならば、ライゼはこれ以上エリスの身を案じなくてよくなるだろう。

もちろん、エリスはファレナを、ここに来る前のライゼがそう信じていたように、野蛮《やばん》な国だと思っているだろうから、気が進まないかもしれない。だが、ライゼが説得すれば来てくれる可能性はある。

そうしたら――ライゼももう、カシウスに嘘をつく必要はなくなるのだ。

だが……。

「ありがたいお話ですが……少し、考えさせてください」

ライゼの口から出たのは、そんな言葉だった。

「ああ、国を出るのは簡単なことではないだろうしな。ゆっくり考えればいい」

カシウスはライゼの言葉を訝《いぶか》しむこともなく、そう言って微笑《ほほえ》んだ。


しとしとと、雨が降っている。

ガラスの屋根に弾《はじ》かれる雨粒《あまつぶ》を見上げて、ライゼは大きくため息をついた。

「さっきまで晴れていたのに……」

あのあと、カシウスは仕事へと戻《もど》り、ライゼは絵を描《か》くために、このガラス製の建物へと足を運んでいた。

俄《にわか》に空がかき曇《くも》り、激しい雨が降り始めたのは、つい先ほどのことだ。

本来なら別に多少の雨に濡《ぬ》れることなど気にしないが、今は自分の体を労《いたわ》らなければならないこともよく分かっている。

この建物からライゼの使っている部屋のある建物までは、大した距離《きょり》ではないとはいえ、庭を通る以上は濡れないで行くことはできない。雨がやむのを待ったほうがいいだろう。

一週間ほど前にカシウスに連れて来られて以来、ライゼはここで絵を描くことが増えていた。カシウスが言った通り、この中で見る夕日や宵《よい》の口はとても美しい。室内にはクッションの置かれた場所以外にも、横になることもできる大きな長椅子《ながいす》などがあり、寝転《ねころ》んで空を見上げることもできる。青い空も、橙色《だいだいいろ》の空も、藍《あい》と紫《むらさき》が混ざり合い、銀の星の散った空も、すべてとてもきれいで、確かにそれを絵にしたいと……今までならば思っただろう。

だが……。

白いままのキャンバスを見つめ、ライゼは再びため息をこぼす。

筆が進まない。最近はずっとそうだった。最初のうちはそれでも、せっかくカシウスがここを教えてくれたのだからと、描いてはみた。けれど、色を乗せる気になるような出来のものは一枚もない。

まるで、胸にぽっかりと穴が開いているようだと思う。

綺麗《きれい》だという感動も、絵を描きたいと思う衝動《しょうどう》も、その穴に吸いこまれるように消えていく。唯一《ゆいいつ》穴が埋《う》まるのは、カシウスが近くにいるときだ。そのときは逆に胸がいっぱいになるような心地《ここち》とともに、その胸が酷く痛むのだ。

抱《だ》かれている、そのときも……。

だが、今日はそれがより一層顕著《けんちょ》だった。

原因は、分かっている。

――エリスをファレナに呼ぶ。

カシウスの提案は、ライゼにとってこれ以上もなくありがたいものだった。

エリスの気持ちは斟酌《しんしゃく》する必要があるが、いつ害されるか分からないという状況《じょうきょう》で、離《はな》れた場所にいることはやはり不安だ。

もちろん、エリスがこちらに来ることを国が許すかはまた別の問題だが、もしカシウスが呼び寄せてくれるというなら、本来単なる一国民にすぎないエリスの渡航《とこう》を、国が止める道理はない。不可能ではないのかもしれないと思う。

だが、それ以上にライゼを悩《なや》ませているのは、自分が心の奥に隠しておいた秘密を、どうするのかということだ。

カシウスに嫁《とつ》ぐより前に、別の男に嫁いだことを秘密にしていたのは、本来エリスの身の安全のためだった。

カシウスに話したことで、スオウに抗議《こうぎ》が行くようなことがあれば、エリスに何が起こるかわからない。そう思ってのことだ。

エリスがこちらに来るとなれば、その心配はなくなる。

けれど、このことを知られればカシウスの寵愛《ちょうあい》を失うだろうと知りながら、隠《かく》したままエリスを呼び寄せるなど、許されるのだろうか？

そこまで心を尽《つ》くしてもらって、それなのに黙《だま》っているなんて……。

もちろん、カシウスなら、事情を話せばきっと悪いようにはしないのではないか？　とも思う。

ならばやはり、本当のことを言うべきなのだろうか？

だが、今さらそんなことを言ってどうなるのだろう？

自分はすでに番《つがい》になってしまった。ならば、隠し通すことのほうがずっと、カシウスを傷つけないのではないか？

――だが、それは欺瞞《ぎまん》なのではないかとも思う。

αは、Ωと一方的に番を解消することができる。

Ωである自分は二度と番を持つことはできなくなり、発情期を治める術《すべ》も失うが、αは違《ちが》う。

カシウスはまた、別の番を持つこともできるのだ。

だから、これはただ、自分が拒絶《きょぜつ》されるのが恐《おそ》ろしいというだけなのではないか……。

そう思うと酷《ひど》く自分が情けなく、泣き出したいような気持ちになる。

そうしてしばらくぼんやりと雨粒を見つめていたが、ふいにぶるりと体が震《ふる》えて、ライゼは随分《ずいぶん》と空気が冷え込んでいることに気がついた。

「そうか、日が当たっていないから……」

まだ夜ではないが、同じように気温が下がっているのだろう。このままでは雨には濡れずとも、体を冷やしてしまう。

仕方ない、これならば多少濡れてでも戻って、体を温めたほうがましだろう。

そう判断して、絵の道具はそのままに、ライゼは建物を出た。なるべく足早に、そしてとにかくどこからでもいいから建物に入ってしまおうと、自室からは遠い場所の庇《ひさし》の下に入り込む。

服についた雨粒を、指先で軽く払《はら》う。前髪《まえがみ》が濡れて額に張りついてしまっていたが、びしょ濡れというほどではない。

部屋に戻って、タオルで拭《ふ》けば大丈夫《だいじょうぶ》だろうか。それとも風呂《ふろ》の支度《したく》を頼《たの》んだほうがいいか……。

そんなことを思っていたときだ。

「――お妃様《きさき》とは本当に仲睦《なかむつ》まじく……」

「殿下《でんか》があれほど……」

メイドだろうか。女性の声がした。どうやらカシウスと……ひょっとして自分のことを話しているのだろうか？　だとすると、顔を出すのは少し気まずい。

どうしようかと思ううちに、こちらに向かってきているのか、声は少しずつ大きくなった。

「この間なんて、殿下がお妃様を抱き上げて運んでらしたのよ」

「わたしも見たかったわぁ」

やはり話題は、自分とカシウスのことらしい。そういえば、あのときメイドに見られていたのだったと、ぼんやり思い出す。

だが……。

「やっぱり、お妃様がそうなのかしら」

「それはそうでしょ。あれだけのご寵愛よ？」

「そうよねぇ」

羨《うらや》ましいと、ため息混じりに囁《ささや》きあうのを聞いて、思わず首を傾《かし》げる。『やっぱり』というのはなんだろう？　なんだか妙《みょう》な言い回しに思えるが……。

「本当にロマンチックよね」

「わかるわ……お若い頃《ころ》に出会ったΩが運命の番だと、ずっとおっしゃっていたんでしょう？」

「ようやくその方をお妃様に迎《むか》えられたのですもの……」

その言葉に、ライゼは目を瞠《みは》り、口元を押さえる。

「ご寵愛も当然よね」

「わたしもΩに産まれていればなぁ」

「あら、あなた恋人《こいびと》ができたって言ってなかった？」

「それとこれとは別――」

楽しげに笑い合う声が、靴音《くつおと》とともに遠ざかっていく。

けれど、その声がまったく聞こえなくなっても、ライゼはその場に立ち尽くしたままだった。

――彼女たちは、なんと言っていた？

『お若い頃に出会ったΩが運命の番だと、ずっとおっしゃっていたんでしょう？』

『ようやくその方をお妃様に迎えられたのですもの……』

「どういう……こと？」

カシウスは若い頃、Ωに……運命の番に出会っていた？

今の話を信じるならば、そういうことになる。

運命の番。

それは、αとΩに関するおとぎ話のようなものだ。この世界には、単なる番ではなく、運命の番と言われる相手が存在するという。

運命の番かどうかは、出会った瞬間《しゅんかん》に分かるというが、これだけΩが少なくなった現在では、そもそも複数のΩに出会うことが難しい。

そのため、確認《かくにん》のしようなどないし、そもそもそんなものが実際に存在したのかさえ疑わしいとされている。

だが、カシウスはその存在に出会った、ということらしい。

若い頃というのが、どれほど前のことなのかは分からない。だが、少なくとも自分は、嫁いでくるまで一度もカシウスに会ったことはない。

つまり、カシウスが『運命』だと思ったΩは、別に存在しているということになる。

「カシウス様に……運命の番が……？」

自分ではない、別のΩをカシウスは愛していた。

その事実に、ライゼは自分でもわけが分からないほどの衝撃《しょうげき》を感じて、その場にずるずるとへたり込む。

「それならどうして……」

どうして、自分を娶《めと》ったのだろう？

ファレナはスオウに何度も、Ωを捜《さが》していると打診《だしん》してきたと聞いている。

単純に考えるならば、カシウスの愛するΩがスオウにいたとも思えるが……。

「ひょっとして……レイ様？」

脳裏《のうり》を過《よ》ぎったのは、現在すでにスオウの王家に嫁いでいる三つ年上のΩのことだ。この時分には非常に珍《めずら》しいことだが、スオウには二人のΩがいたのである。

カシウスが本当に結婚《けっこん》したかったのが、そちらだったとしたら……。

そんなことがあるだろうか？　その程度のことは確認するだろう。だが、その上ですでにもう別の番を得たあとだと知ったなら？

ファレナとスオウでは人種が違う。少なくとも、ファレナの人間に比べたら、自分にはレイと似たところがあると言えるだろう。

髪《かみ》や瞳《ひとみ》の色、そして、小柄《こがら》な体格……。

レイの身代わりとして、自分が選ばれたのか？

そんなばかなと、そう思う。けれど、これがただの妄想《もうそう》で、相手がレイではなかったとしても、カシウスに、愛したΩがいたことは確かで……。

ぎりぎりと締《し》めつけられるように痛む胸を押さえて、ぎゅっと目を瞑《つぶ》る。

どうして、こんなにも胸が痛むのか？

その理由が分からないまま、ライゼは静かに涙《なみだ》をこぼした……。

◇

ざぁざぁと聞こえる耳障《みみざわ》りな音。

足音と怒声《どせい》。

泣き声。

ライゼは何度も見た悪夢の中にいた。

狭《せま》くくらい場所で蹲《うずくま》って泣いている。誰《だれ》か、誰でもいい。

「……たす……けて……」

「大丈夫だ」

助けを求める声に応《こた》えるように、大きな手がぎゅっとライゼの手を摑《つか》む。

自分はこの手を知っている。

涙で滲《にじ》み、ぼやける視界に、カシウスの顔が映った。吐《は》き出す息が熱く、苦しい。頭が酷く痛む。

けれど……。

「カシウス、様……？」

「ああ、そうだ。ここにいる。少し熱が出ているだけだ。すぐに良くなるからな」

熱が？

状況《じょうきょう》が呑《の》み込めない。けれど、カシウスが大丈夫《だいじょうぶ》だというのだ。きっと大丈夫なのだろう。

「はい……」

こくんと頷《うなず》いて、ライゼはまた目を閉じる。

そして……。


「――……ここは」

どれくらい時間が経《た》ったのだろう？

ライゼは見慣れた寝室《しんしつ》のベッドにいた。すぐ横にはカシウスがいて、自分の右手はカシウスの大きな手にしっかりと摑まれている。

視線を上げると、カシウスがじっとライゼを見つめていた。

「目が覚めたか？」

「……カシウス様……。私は一体……」

「雨に当たって、熱を出したんだ。覚えていないか？」

カシウスの言葉に、ライゼはぼんやりとしたまま何度か瞬《まばた》きを繰《く》り返す。

そして、ハッと目を見開いた。

「も、申し訳……ッ」

慌《あわ》てて起き上がった途端《とたん》、くらりと視界が揺《ゆ》れ、ライゼはカシウスに背中を支えるように抱《だ》き締められた。

「こら、無理をするな」

「申し訳ございません……」

そうだ、自分は雨に濡《ぬ》れて入った軒下《のきした》で、カシウスに愛したΩがいるという話を耳にして、そのままその場から動けなくなり……。

その後の記憶《きおく》がないということは、あそこで倒《たお》れたのだろう。熱を出したという話だが、一体どれくらい寝込《ねこ》んでいたのか。

「薬を」

カシウスが声をかけると、カシウスの背後にいたらしい男が、薬湯らしい液体の入ったカップを渡《わた》してくれた。

「飲めるか？」

問いに頷いて、カップに口をつける。強い苦みに舌が痺《しび》れるようだったが、どうにか飲み干すと口直しの白湯《さゆ》を与《あた》えられ、すぐにまた横たえられる。

「カシウス様のお情けをいただいておきながら、このような醜態《しゅうたい》を……」

何よりも体を労《いたわ》らなければならないと、分かっていたはずなのに。

「確かに、体は大切にして貰《もら》わなければ困る」

「はい……本当に申し訳――」

「だが、それはひとえにお前が大切だからだ」

ライゼの謝罪を遮《さえぎ》り、カシウスははっきりとそう言った。そして、ゆっくりと目を細めると、ライゼの頬《ほお》をそっと撫《な》でる。

「子どもはいずれできる。だが、そのためには……いや、それ以上に、何よりもお前が元気でいてくれなければならん」

「カシウス様……」

やさしい手の感触《かんしょく》に、ぽろりと涙がこぼれる。

「ありがとうございます……」

Ωは子どもを産ませるためだけに存在しているのだと、そう思っていた。

カシウスのやさしさを疑っていたわけではない。ただ、そういうものだと思っていただけだ。

ライゼは自分がΩであると分かって以来、ずっとそう言われて育ってきたのだ。

なのに、何よりもライゼの体を心配してくれることが、本当にうれしくて……切ない。

カシウスが本当に娶りたかったΩは、自分ではないのだと思うと……。

――――ああ、そうか。

「何かして欲しいことはあるか?」

「……そのお言葉だけで、充分《じゅうぶん》です」

運命の番《つがい》でなくとも、カシウスはライゼを大切にしてくれている。

その気持ちだけで……。

けれど、カシウスはライゼの言葉には納得《なっとく》できないらしい。

「病気のときくらいは、わがままをいうものだ」

そっと髪を撫でられて、ライゼはどうしたものかと迷う。ここまで言ってくれているのに何も言わないのでは、逆にカシウスをガッカリさせてしまいそうだ。

それならば……。

「治ったら、カシウス様の絵を……描《か》きたいです」

ライゼの言葉が思いも寄らないものだったのだろう。カシウスは驚《おどろ》いたように目を瞠《みは》った。

「そんなことでいいのか？」

「はい」

いつか、描けたならと思っていた。不敬だと、あきらめていたけれど……。

「それは、もちろん構わないが」

「うれしいです」

カシウスの言葉に、ライゼは微笑《ほほえ》む。

「だが、そうではなく、今したいことはないのか？　水が飲みたいとか、甘いものが欲しいとか……」

「今したいこと……」

そうだというように、カシウスが大きく頷く。そのやさしい目を見つめて、ライゼは口を噤《つぐ》む。

「どうした？」

「このようなことを、お願いしてもいいのかと……」

「何でも言ってみろ」

自分を見下ろしているカシウスに、初めてここに来た日のことを思い出す。

恐《おそ》ろしくないと言った自分に、カシウスは目隠《めかく》しをしてくれた。

そして、ようやく顔を見ることのできたあの日……キスができるかと、訊《き》かれたのだ。

「――……キスを、していただけますか？」

ライゼの言葉に、カシウスの動きがぴたりと止まる。

「あ、あのやっぱり……」

だが、固まってしまったカシウスに、やはり図々《ずうずう》しい願いだったと、ライゼが取り消そうとしたとき……。

「あ……」

カシウスの大きな手が、ライゼの頬に触《ふ》れた。

自分の手よりもずっと大きくて、けれどやさしい手だと今は知っている。庭園で、自分の手を引いてくれた手。

思えば、誰《だれ》かに手を引かれて歩いたのなんて、まだ両親のいた頃《ころ》が最後だった。

そっと撫でられて目を閉じると、唇《くちびる》にカシウスの口の先端《せんたん》が触れる。途端、心臓が跳《は》ねるように、鼓動《こどう》が速くなった。

——やはり、そうなのか。

唇が離《はな》れ、ライゼはカシウスの顔をじっと見つめる。

「……ゆっくり休め」

「はい」

カシウスの言葉に頷いて、ライゼは目を閉じた。

そうしながら、自分の心にいつの間にか訪《おとず》れていた変化に戸惑《とまど》う。

一体いつから？

いつから自分は、カシウスを好きになっていたのだろう？

番となった人を、好きになれたこと。それは何よりも幸福なことだと思う。

けれど同時にライゼの胸を占《し》めたのは、不安だった。これまでよりずっと、自分の秘密が大きく、重くなったように感じる。

もしも、あのことを知ったカシウスが自分を嫌《きら》ったら……。

そんな人ではないと思うのに、可能性に怯《おび》えて泣き出したくなる。

どうすればいいのだろう？

話すべきだと考える端《はし》から、話さない理由が泡《あわ》のように湧《わ》き出して邪魔《じゃま》をする。

けれど熱のせいか、それとも薬の効用か、答えが出ないまま、ライゼの意識はゆっくりと闇《やみ》に沈《しず》んでいった……。

「少しだけですよ！」

「はい」

いつもより少し強い口調でいうナールに苦笑《くしょう》して、ライゼはゆっくりと庭を歩く。

スオウならばそろそろ冷たい風の吹《ふ》く頃だが、この辺りはまだまだ暖かい。冬もあまり寒くはならないのだという。

◇

不思議だが、寒い思いをせずに済むというのはいいことのように思えた。

熱を出して倒《たお》れてから四日。昨日の朝には体調も良くなり、起き上がれるようになっていたが、今日になってようやくベッドを出る許可が下りた。

今日は随分《ずいぶん》といい天気のようだ。庭の木々は瑞々《みずみず》しく輝《かがや》き、青く高い空には千切れたような雲が一つ浮《う》かんでいるだけだった。

久々に陽光を浴びて、少しだけホッとする。だが、心が晴れるとは到底《とうてい》言えなかった。

胸に抱《かか》えた秘密と恋心《こいごころ》の重さに引かれるように、気持ちは沈んでいる。こうして美しい庭を見ても、心はただただ深く冷たい場所に横たわっているかのようで……。

足を止めないまま、ライゼはそっとため息をこぼす。

体調が戻《もど》ったこともあり、昨日は一日ベッドでずっと、これからどうするべきなのかを考えていた。

言うべきか、言わざるべきか。自分の気持ち。エリスのこと。

そして、若きカシウスが出会ったというΩ――運命の番《つがい》のこと。

そもそも、カシウスが本当に愛し、望んでいたのがレイ……別のΩだったとしたら、自分がカシウスの前に誰に嫁《とつ》いでいようと、カシウスは気にしないのではないだろうか？

それとも、ライゼをただ一人の妃《きさき》と決めてくれたのに、ライゼのほうはそうでなかったと知ったら、やはりショックだろうか……。

カシウスが、運命の番をあきらめて、ライゼを大切にしようと思ってくれていたとしても、いや、思ってくれていたからこそ、傷つけることになってしまうのではないだろうか？

裏切られたと、そう感じて……。

ライゼの体に触《ふ》れたのは、あとにも先にもカシウスだけである。

けれど、結婚《けっこん》していたという事実は変えようがないし、自分が初めてだったことをカシウスが信じてくれる保証もない。

体だけでなく、心もすべて、自分はカシウスだけのものだと、自分だけが知っている。

本当のことを話すことで、それを信じて貰《もら》えなくなるかも知れないことが、悲しいと思う。

もちろん、エリスのことも考えた。

カシウスがエリスをファレナに呼んでもいいと言ってくれたのは、カシウスがライゼを大切に思ってくれているからだというのは分かる。

そうである以上、自分が真実を詳《つまび》らかにしたのちも、エリスをファレナに呼ぶことに、カシウスが尽力《じんりょく》してくれるという保証がない。

カシウスはそんなに狭量《きょうりょう》な男ではないと思うけれど、絶対とは言えないし、ライゼ自身も厚《こう》意《い》に甘えるのが申し訳ないと思う。だからといって、隠《かく》したまま願いだけ聞いてもらおうなんて、そんな虫のいいことは許されないだろう。

だったらどうすればいいのか……。

思考はぐるぐると空転し、結局答えは見つからないままだ。

病を経て、自分の恋心を自覚して、悩《なや》みはさらに大きくなったようにすら思えた。

話して楽になってしまいたいとすら思うが、次の瞬間《しゅんかん》にはそんなことはできないとも思う。

恐ればかりが大きくなって、身動きが取れなくなるような、そんな心地《ここち》だった。

「ライゼ」

名前を呼ばれて、ライゼはハッとして振《ふ》り返る。そこに立っていたのは、カシウスだった。

いつの間に来たのだろう？

「体調はどうだ？」

「もう、問題ないと思います。ご心配おかけして申し訳ありませんでした」

心配げに顔を覗《のぞ》き込まれて、ライゼは頭を下げることでカシウスから視線を逸《そ》らした。

言葉に嘘《うそ》はない。実際もう熱も下がっているし、だるさや喉《のど》の痛みなどもすっかり治まっていた。薬のせいもあってか、睡眠《すいみん》もよくとれている。

こうしてカシウスに心配をかけることが申し訳ないと思いながら、それをほんの少し嬉《うれ》しいと思ってしまう自分がいることに、罪悪感が募《つの》った。

そんなことを考えられるような立場では、ないというのに……。

「なんだか、カシウス様には体調の心配ばかりさせてしまっている気がします。申し訳ありません」

「謝罪は必要ない。だが、次は倒れる前に必ず言え。俺がいなければナールでも、他《ほか》の者でもいい」

「はい」

カシウスの言葉に、ライゼはしっかりと頷《うなず》く。

どうやらライゼが軒下《のきした》で倒れていたのは、もともと体調が悪く、あの場まで辿《たど》り着いた際に体力が尽《つ》きたせいだと思われたようだ。

メイドたちの言葉がショックで、あの場から動けなくなったなどと、言わなければ思いも寄らないことだろう。

それをいいことに、ライゼは口を噤《つぐ》んでいた。

また一つ、嘘を重ねていると、そう思いながら……。

「あの……妊娠《にんしん》について、お医者様は何か……」

カシウスはライゼの体が一番だと言ってくれたが、やはり一番気になっているのはその点だった。

「心配するな。もし子どもができていたとしても、それほど影響《えいきょう》はないはずだと聞いている」

「そうですか」

それだけは本当によかったと、ライゼは胸を撫《な》で下ろす。

「妊娠しているか自体、次の発情期の時期まではっきりとしないんだ。あまり気にせずに過ごしていればいい」

「そう言われましても……カシウス様の御子《おこ》だと思えば、そんなふうには考えられません」

義務感だけではなく、心からそう思う。

「もちろん、俺もお前との子だと思えば産まれてくるのが楽しみだ。だが……前にも言っただろう？　お前の体が一番大切だと」

カシウスはそう言って微笑《ほほえ》むと、ゆっくりとライゼの頭を撫でた。やさしい感触《かんしょく》に、少し泣きたくなったけれど、どうにか微笑みを返す。

暗い顔を見せるわけにはいかない。この幸福を辛《つら》いと思う資格は自分にはないのだ。今なお秘密を明かさずにいるのは、自分自身なのだから……。

「お前さえ元気なら、何度でも機会はある」

「……はい」

そうであればいいと、心から願いながらライゼは頷いた。

「体調には気をつけます」

「そうしてくれ。子が産まれてからもいろいろとあるからな」

「いろいろ、ですか？」

意外な言葉に、ライゼは小さく首を傾《かし》げる。

子育てのことだろうか？　王の子になる以上乳母《うば》がつき、自分の手からは離《はな》されてしまうのだろうと思っていたが、ファレナでは違《ちが》うのだろうか？

もちろん、子どもに関《かか》われるというならば喜んで関わらせてもらいたいところだ。

「そう言えば、子が産まれてからのことは話していなかったか」

「え？　ええ」

確かに、聞いた覚えがない。

「私が子育てをする、ということでしょうか？」

「いいや、そうではない。生誕を祝う式典と同時に、俺が国王になる戴冠式《たいかんしき》、それからライゼを王妃《おうひ》として国民に披露《ひろう》する式典があるんだ」

「披露……私をですか？」

「もちろん、今でもライゼは俺の番であり妃だ。だが、これはしきたりでな。子が産まれ、俺が王位を継《つ》いで、初めて披露されることになる」

どこか申し訳なさそうな口調だったが、ライゼが気にしているのはそれではない。

「その、式典には国外の者も招待されるのでしょうか？　それとも国民だけですか？」

「うん？　ああ、そうだな。戴冠式に招待する者たちがいるから、その者たちにも紹介《しょうかい》することにはなるだろう」

「……そうですか」

ライゼはどうにか頷いたものの、内心は不安でいっぱいになっていた。

もし、その中にストラチエ帝国《ていこく》の者がいたらどうなるだろう？

自分がストラチエに嫁いだことを知る者は、そう多くはない。だが、ストラチエの玉座に近い者たちの中に知っている者がいる以上、絶対にいないとは言いきれない。

もし、そのせいでカシウスの体面に傷がつくようなことがあったら……。

考えた途端《とたん》、さっと血の気が引くのが分かった。

そんなのは、絶対にだめだ。

万が一、そちらから噂《うわさ》が広がるようなことになる前に、自分で言うべきなのではないか？

そうすれば、式典に関しても顔を隠すなど、何らかの対策を取ることができるかもしれない。

また一つ、自分から秘密を明かす方向に背を押されたような、そんな気がした。

「ライゼ？　どうした？　顔色が……」

「い、いえなんでも……想像したら、緊張《きんちょう》してしまって……」

慌《あわ》てて頭《かぶり》を振ると、心配そうだったカシウスの表情が緩《ゆる》む。

いつの間にか、カシウスの細かな表情の変化も分かるようになっている自分に気づいた。

「それならいいが、実はもう一つ、お前に言わなければならないことがある」

「……なんでしょうか？」

あらためてそう言われて、ライゼは何を言われるのだろうかと内心で身構える。

「実はスオウから使者が来るらしい」

「え？」

スオウからの使者という言葉に、ぎくりと肩《かた》を強《こわ》ばらせる。

一体何があったというのだろう？

スオウの人間が、ファレナのことをよく思っていないことは理解している。使者を寄こしたことが、いい報《しら》せのようにはとても思えなかった。

「昨夜のうちに先触《さきぶ》れがあってな。今日の午後には到着《とうちゃく》するようだ。お前に話があるらしいが……体調がすぐれないならばしばらく待たせておいても構わんぞ」

カシウスはそう言ったが、実際にそれが国益にどう影響するのか、ライゼには分からない。

揉《も》めずに済むならば、そのほうがいいだろう。

「私なら問題ありません」

「そうか。ならば、受けるとしよう。午後まではゆっくりするといい」

そう言ってやさしく頰《ほお》を撫でられて、ライゼは不安を押し隠し、その手のひらに頰を押しつけるようにそっと頷いた。


一体、今さら自分になんの用なのだろう？

ストラチエに嫁《とつ》いだことを話していないかの確認《かくにん》？　そんな無駄《むだ》なことをするだろうか？

分からないまま、ナールに相談して服や宝飾品《ほうしょくひん》を決め、身支度《みじたく》を調《ととの》える。

白地に金糸の刺繡《ししゅう》が入った、美しいファレナ式の礼装だ。飾《かざ》り立てられることには慣れないけれど、どれもカシウスが選んでくれたのだと思うと嬉しくはある。

絵を描《か》くようになってからは、汚《よご》しても問題ないような簡素なものばかり身に着けていたけれど……。

「やはり似合うな」

わざわざ後宮まで迎《むか》えに来てくれたカシウスに、うれしそうにそう言われて、ライゼは憂鬱《ゆううつ》な気持ちを隠《かく》して微笑む。

「ありがとうございます」

そのままカシウスについて後宮を出ると、王宮内の一室へと連れて行かれた。

いくつかの椅子《いす》やテーブル、ソファなどの置かれた広間には、男が二人待っていた。そのうちの一人には、見覚えがある。あの日、自分をここに連れてきた役人だった。

ますますいやな予感が強まり、ライゼは気づかれないようにそっと深呼吸をする。

男たちはカシウスの姿を見て立ち上がると、深々とお辞儀《じぎ》をした。

「遠路はるばる、よく来てくれた。そう畏《かしこ》まらずともいい。座ってくれ」

カシウスはそんな二人にそう声をかけると、カシウスの隣《となり》に座るようにライゼに促《うなが》しつつ、自らも腰掛《こしか》けた。

「このたびは急な訪問にもかかわらず、快くお招きいただいて、誠《まこと》にありがたく存じます」

「スオウのこともいろいろと聞きたいところだが、今回は、我が妃《きさき》に話があるとのことだったな？　実は、ライゼは病《や》み上がりでな。早めにそちらのことだけ済ませてしまいたいのだが、構わないか？」

「ええ、もちろんでございます」

畳《たた》みかけるように言ったカシウスに、見覚えのあるほうの役人が、作り笑いを貼《は》り付けた顔で頷《うなず》く。

「ただ、この件に関してはお妃様お一人にお話ししたく……」

ライゼ一人に、という言葉に訝《いぶか》しいものを感じて、ライゼはわずかに眉《まゆ》を寄せる。

「ほう？　俺にこの場から辞せよと？」

カシウスが唸《うな》るような低い声でそう言うと、二人はさっと顔色を悪くする。

「た、大変失礼なことを申し上げているのは承知しております。ですが――」

そこまで言うと、役人がちらりとライゼを見た。

「話と申しますのは、お妃様の妹君に関してのことなのです」

続けられた言葉に、ライゼははっとして男を見つめ返す。

その目はすでにライゼではなく、カシウスを見ていた。だが『妹』という言葉だけで、先ほどの視線の意味ははっきりと伝わっている。

自分は、脅《おど》されているのだと。

「妹？　それが人払《ひとばら》いの理由になるというのか？」

「カシウス様……っ」

不審《ふしん》げに言うカシウスに、ライゼは思い切って声をかける。カシウスの目が、こちらを向いた。

「どうした？」

「あ、あの……大変、申し訳ないのですが、私とこの者たちだけで話をさせていただけないでしょうか？」

震《ふる》える声で、けれどそう言い切ったライゼに、カシウスがパチリと瞬《しばた》いた。よほど驚《おどろ》いたのだろう。そのまましばらく、ライゼの顔を見つめていた。

だが……。

「どうか、お願いいたします」

ライゼが重ねてそう言うと、あきらめたようにため息をついた。

「……お前がそうまで言うならば仕方ない。だが、窓の外に衛兵を置かせてもらうぞ。話が漏《も》れることはないから、安心しろ」

後半は男たちに向けられた言葉だろう。

サロンの窓はそのまま庭に出ることもできる大きなもので、なにかがあればすぐに衛兵を飛び込ませることができる。

だが、ライゼたちの座っている場所は、窓からも入り口からも遠く、大声を出さなければ窓から声が漏れることは確かになさそうだった。

男たちは顔を見合わせたが、これ以上の譲歩《じょうほ》はさすがに望めないと思ったようだ。

「寛大《かんだい》なご処置に、感謝いたします」

そう言って深々と頭を下げた。

カシウスはその場から、入り口に立っていた衛兵に指示を出し、窓の外に別の衛兵が配置されるのを待って、部屋を出て行った。

もちろん入り口の衛兵も部屋を出ている。

「随分《ずいぶん》と、可愛《かわい》がられているようだな」

衛兵の存在を意識しているのだろう。表情ばかりは神妙《しんみょう》に、役人が言う。

「……殿下《でんか》には、大変よくしてもらっています」

男の言葉に、ライゼは視線を落としたままそう口にした。

「もう番《つがい》にはされたのか？」

「……はい」

頷くと、役人が小さく舌打ちをした。

「いや、仕方がない。想定通りだ」

見知らぬ男のほうがそう言うと、役人が頷く。

「用件を言う。大きな声を出さないようにしろ。いいな？」

静かで落ち着いた声は、盗聴《とうちょう》を警戒《けいかい》しているのだろう。一体何を言われるのかと警戒しつつも、ライゼは頷いた。

「ストラチエから、お前を帰すようにと要請《ようせい》があった」

「……は？」

自分を帰すように？

「何を言って……」

たった今、自分はカシウスの番になったと、そう言ったばかりではないか。

「ストラチエの政変は収まった。だが、それを盤石《ばんじゃく》なものにするために、すぐにでも跡継《あとつ》ぎを作る必要があるということだ。今度こそ、本物のαだそうだし、二度も三度もかわらんだろう？」

「そんな……無理です……！」

「大きな声を出すな」

役人の言葉に、ライゼはハッとして口元を押さえる。けれど、無理なものは無理だ。

「私はもう、カシウス様の番になったのですよ？　今さらほかのαとなど……」

「心配しなくていい。ありがたいことに、ストラチエからは子どもを産む胎《はら》さえあればいいと言われている」

何がありがたいものか。あまりのことに嫌悪《けんお》で体が震える。

確かに番でなくとも、Ωを孕《はら》ませることは可能である。だが、番を持ったΩのフェロモンは番以外には効かず、肌《はだ》は番以外を拒《こば》むと言われている。それがどういう意味なのか、確かなことは分からないが、そんなおぞましいことは考えたくもなかった。

けれど……。

「妹がどうなってもいいのか？」

「ッ……」

その言葉に、ライゼは言葉を失った。

分かっていたことだ。自分に選択肢《せんたくし》などないということは……。ぎゅっと唇《くちびる》を噛《か》んで黙《だま》り込んだライゼに、男たちは満足げに頷き、視線を交《か》わす。

「お前はこれから、妹が危篤《きとく》ということにして、早急《さっきゅう》にスオウに帰れるよう交渉《こうしょう》しろ」

「そんなの、殿下がお許しになるはずがありません。それに、私が戻《もど》らなければ……」

「安心しろ。お前は事故死したことにする。ストラチエではΩは後宮から一歩も出さぬから、見つかる心配もないだろう」

「お前などが心配せずとも、陛下はファレナとの国交は今後不要であるとのお考えだ。だが、ストラチエは違《ちが》う。どちらが国に利するか、考えなくとも分かるだろう」

おそらく、すでに王の病は回復したのだろう。その上で、ストラチエはスオウの隣国《りんごく》で距離《きょり》も近く、機嫌《きげん》を取っておきたい相手。対してファレナは大国といえども間に海と友好国を挟《はさ》んでいるため脅威《きょうい》にはならないという判断のようだ。

だからと言って……。

「……許しが出るとは、思えません」

もう一度そう言ったライゼに、男はまるで分かっているというように頷く。

「簡単にはいかんだろう。だが、それでも何度でも頼《たの》み込め。どうしても許可が下りないようなら、お前が自主的に失踪《しっそう》したように見せかける」

「見せかけるって……」

そんなことが可能なのだろうか？

「筒状《つつじょう》のものが計画書だ。決して見つからないようにしろ。今開けてそれだけを隠《かく》せ。許可が下りれば読まなくていい。すぐに濡《ぬ》らすか燃やせ」

「もちろん、危ない橋は渡《わた》らないに越《こ》したことはない。できる限り、許可が下りるようにおねだりするんだな」

最後だけちらりと唇を歪《ゆが》めた役人に、嫌悪《けんお》感《かん》が募《つの》る。渡されたのは妹からの手紙を模したものだった。妹の手跡《しゅせき》とは違うが、女性らしい文字で、病で体が辛《つら》く、ライゼに会いたい旨《むね》がしたためられている。その下に小指ほどの長さの、細く筒状に丸められた紙が入っていた。

ライゼはそれをこっそりと握《にぎ》り込み、手紙だけを元に戻す。

「あまり話し込んでいては怪《あや》しまれるだろう。そろそろ切り上げるぞ。殿下が戻ってきたらすぐに交渉しろ」

男が立ち上がり、話が終わった旨を伝えにいくと、カシウスはすぐに戻ってきた。

「ライゼ？　……ひどい顔色だ」

よほどひどい顔をしていたのだろう。カシウスは開口一番にそう言うと、血の気が失《う》せているだろうライゼの頬《ほお》を撫《な》でた。

「何かあったのか？」

言いながら、カシウスの鋭《するど》い目が男たちを射貫《いぬ》く。

「ち、違います、彼らは何も……」

ライゼは慌《あわ》てて頭《かぶり》を振《ふ》ってそう言うと、指示された通り、妹が病気で危ない状態なのだと告げた。

「一目でいいから、私に会いたいと……お、お願いします。一日だけで構いません。妹の下《もと》へ行かせていただけませんか……？」

だめに決まっている。許可など下りるはずがない。そう思っていたのだが……。

「そういうことか」

カシウスはそう言うと、男たちのほうへと視線を向ける。

「容態はそんなに悪いのか？」

「ええ、日に日に弱っていくようで……手は尽《つ》くしているのですが」

「――わかった。そういうことなら、顔を見せてやってこい」

「……え」

一瞬《いっしゅん》、何を言われたのか分からなかった。

「……いいのですか？」

「妹のことをずっと気にしていただろう？　ここのところ元気がなかったしな」

労《いたわ》るように頬を撫でられて、それでもまだ信じられない。まさかこんなにもあっさり、許可が下りるなんて……。

男たちも驚《おどろ》いたらしく、言葉を失っている。

「だが、すぐにというわけにはいかない。ライゼには明日、出て貰《もら》わねばならない重要な儀式《ぎしき》がある。妹の容態が心配だろうが……出発は明後日《あさって》にしてくれ。いいな？」

儀式の話など聞いた覚えもないが、病で倒《たお》れていて話せなかったのだろうか？

不思議に思ったものの、一日でも長くここにいられるというなら、そのほうがいい。

男たちを盗《ぬす》み見ると、小さく頷《うなず》かれた。どうやら、それでもいいということのようだ。

「わかりました……ありがとうございます」

ライゼはそう言って、ゆっくりと頭を下げた。


まさか、あんなにあっさりと許可が下りるなんて……。

夜、一人でベッドに寝転《ねころ》んで、ライゼは深いため息をつく。今夜は久し振《ぶ》りにカシウスの訪《おとな》いがあるかと思ったが、明日の儀式の用意で遅《おそ》くなるから、先に休んでいるようにとナールから伝言を聞かされていた。

けれど、とてもではないが眠《ねむ》れそうにない。

ここで夜を過ごせるのは、今夜を入れてあと二回だけだと思うと……。

「これでよかったはずだ……」

カシウスが許可してくれたことにより、無理することなく、ファレナを出発することができる。あのとき手の中に忍《しの》ばせた計画書は、部屋に戻ってすぐ、ランプの火にくべてしまった。

明後日には、ストラチエへ向けて出発する……。

「っ……」

嫌悪感に震《ふる》える自分の体を、ライゼはぎゅっと抱《だ》き締《し》めた。

国のための道具となること、定められたαに嫁《とつ》ぐこと。

Ωとして産まれた以上、それは当然なのだと、ずっと思って生きてきた。けれど、こんなのは思っていたよりもずっとひどい。

それでも、エリスを犠牲《ぎせい》にしていいとはとても思えなかった。たった二人きりの、大切な家族なのだ。

こんなことになるなら、エリスを呼び寄せてもいいというカシウスの提案をもっと早く受けておけばよかった。

そう思うと今の事態も自業自得《じごうじとく》のように思えて、悔《くや》しさに涙《なみだ》がこぼれる。

午前中、陽光に溢《あふ》れる庭で、これからのことを思い悩《なや》んでいたのがひどく遠いことのように思えた。

そして、ただ、思い悩むだけで、何も行動に移せずにいた自分の愚鈍《ぐどん》さが恨《うら》めしい。

こんなふうに唐突《とうとつ》に、外からの意思によって、この生活に終わりがくるなんて、考えてもみなかった。

「私は本当に、ばかだ……」

呟《つぶや》いた途端《とたん》、ランプの火がゆらりと揺《ゆ》れた。ドアの閉まる音がして、慌てて目元を拭《ぬぐ》う。

「また起きていたのか？」

声を掛《か》けられて、びくりと肩《かた》を揺らす。

「も……申し訳ありません。眠れなくて……」

体を起こし、けれどカシウスを見ることができないまま俯《うつむ》いてそう口にする。けれど……。

「泣いていたのか？」

カシウスの手が頬に触《ふ》れ、ゆっくりとライゼをあおのかせる。

「目の縁《ふち》が赤い」

そう言われては泣いていないとごまかすこともできず、ライゼは目を伏《ふ》せた。

「……妹が、心配で」

「──……そうか。だが、あまり心配し過ぎるな。お前の身まで儚《はかな》くなりそうだ」

「……はい」

カシウスの言葉に頷くと、頬から手が離《はな》れ、今度はゆっくりと抱き締められる。

「すまんな」

おそらく出発を延ばしたことへの詫《わ》びだろう。ライゼはカシウスの腕《うで》の中で頭を振る。

「許可をいただけただけで充分《じゅうぶん》です」

「……そうか」

相槌《あいづち》に頷きながら、こうして抱《だ》き締められるのも、あと何回だろうと思うとたまらない気持ちになった。

結局、自分はこの人に嘘《うそ》をついてばかりいる。誰《だれ》よりも、愛《いと》しく思っているのに……。

「カシウス様……」

「なんだ？」

やさしく問う声に、ライゼはそっとカシウスの胸を押し返し、その顔を見上げる。

初めて見たときは、恐怖《きょうふ》に震えることしかできなかったその顔は、今はただやさしく、愛おしいものに思えた。

「わがままを申し上げてもよろしいでしょうか？」

「なんだ？　なんでも言え」

寛容《かんよう》な言葉に後押しされるように、ライゼは口を開く。

「――……お情けをいただけませんか？」

もう一度だけでもいい、抱いてほしい。

愛しい番《つがい》に抱かれる悦《よろこ》びを、覚えておきたかった。今はまだ、カシウスのためだけにある体だ。

覚えておいてほしいなどとは、とても言えない。

裏切っているのは、いつも自分のほうなのだ。カシウスは、自分が運命の番でなくとも、愛そうとしてくれていたのに……。

「いいのか？　体は辛《つら》くないか？」

「もう、どこも問題ありません。お願いです、カシウス様……」

重ねて言うと、カシウスはじっとライゼを見つめ、頷いてくれた。

カシウスがベッドに座り、上から一つずつ、ライゼのシャツのボタンを外してくれる。

そうしてすべての服を脱《ぬ》ぎ捨てて、ベッドへと横たわる。

ここで何度も、カシウスに抱かれた。恐《おそ》ろしかったのは最初のときだけだ。あとはただ、快楽に流されるばかりで……。

カシウスがライゼの膝《ひざ》を折り曲げるようにして足の間に入り込み、覆《おお》い被《かぶ》さってくる。

「あ……ん…っ、ん」

胸を辿《たど》る指が少しだけ感覚の違《ちが》う場所へ引っかかった。くるりと円を描《えが》かれて、少しずつ尖《とが》っていくのが分かる。

耳の下に舌が這《は》って、くすぐったさに首を竦《すく》めた。

すっかり尖ってしまった乳首《ちくび》に触れられているだけで、少しずつ息が上がっていくのが恥《は》ずかしい。とろりと中が濡《ぬ》れていく。

「あっ、あ……んっ」

「すっかりここで感じられるようになったな」

指で弄《いじ》られて赤く尖った乳首を、カシウスの舌が転がす。

ぞくぞくとした快感が腰《こし》の奥へと伝わって、まだ触れられていない場所が重苦しくなっていく。

「男のΩは、母乳が出るものと出ないものがいるというが」

「あ……っ」

舌で乳首を押し潰《つぶ》され、ぐりぐりと痛いくらいに刺激《しげき》される。

「お前はどちらだろうな、今からこうして刺激しておけば、出やすくなるか？」

「あ、あ……っ」

「あっ、ん……わ、わかりません……あっ」

何度も強く吸われて、じんとそこが熱くなる。

「もっとも、たとえ母乳が出たとしても、赤子には乳母《うば》をつけるからな。お前の乳はこうして、俺が毎晩、吸い出してやろう」

酷《ひど》くいやらしいことを言われている気がして、頬《ほお》が熱くなる。

吸われて真っ赤になった尖りは、じんじんとして、一回り大きくなってしまったような気さえした。

「あ、りがとう、ございます……んっ」

本当に、そうなったらいいと思う。どんなに恥ずかしいことでも、カシウスにされるならば構わない。

「お前は本当に……かわいいな」

「ん…ぁ…っ…ん…っ」

軽く歯を立てられて、乳首に痛みに近い快感が走る。膝がびくりと震えた。

まだ触れられていなかったほうの乳首も、親指と人差し指で摘《つま》まれて、快感が下肢《かし》まで走る。

「ライゼ……」

カシウスの唇《くちびる》が、ゆっくりと下へと下りていく。みぞおちに触れ、臍《へそ》の横を吸い上げて……。

舌が芯《しん》を持ち始めていたそれにそっと触れた。

「ひぁ…っあっ、そこはだめ……だめです、カシウス様……っ」

じゅ、と音を立てて吸われて、がくんと腰が揺れる。

ここを舐《な》められると、いつも恥ずかしさと申し訳なさに泣きたくなる。

「なぜだ？　気持ちがいいだろう？」

「わ、私は……あっ、あぁっ……カシウス様に、気持ちよくなって……いただきたいんです……

まう。

「可愛《かわい》らしいことを言う」

怖《こわ》いくらいの快感がどんどんと湧《わ》き出して、踵《かかと》が浮く。太股《ふともも》でカシウスの顔を挟《はさ》み込んでし
まう。

ぬるりと先端《せんたん》部分が口腔《こうこう》に銜《くわ》え込まれ、あたたかい頬の内側で擦《こす》られる。

その上、足が浮いたことで露《あら》わになった奥へと、指が伸《の》ばされた。

「んぅっ……や、中……」

くちゅりと音を立てて、指が中を割り開く。

すでにとろとろに溶《と》けたそこは、簡単にカシウスの指を呑《の》み込んだ。

「は、あっ…あっ……あぁ……っ」

中を指が擦るたびに、濡れた音がこぼれる。

「あっあ、も、だめ…っです…離して……くださ…っ」

快感に震《ふる》える場所を舌で刺激され、連動するように震える中を指でかき混ぜられて、怖いくらいの快感に、下腹がびくびくと痙攣《けいれん》する。

離して欲しくて伸ばした指は、ただ徒《いたずら》にカシウスの髪《かみ》をかき混ぜることしかできない。

「いや、いや…離し……あっ、んぅ……っ」

じゅうっと先端を強く吸われて、結局ライゼはカシウスの口の中で絶頂に達してしまった。

けれど……。

「は……っ……ぁ」

中に入れられた指がそのままだったことに、指を増やされてからようやく気づいた。

「んんっ…」

三本の指がばらばらに中をかき混ぜる。

絶頂を迎《むか》えたばかりで敏感《びんかん》になっている体は、ひくひくと震えて指を締《し》めつけた。けれど狭《せま》くなったそこを指は容赦《ようしゃ》なく広げていく。

身に余るほどの刺激だったが、ライゼは何も言わずに、ただできるだけ足を広げてみせる。

自分ばかりでなく、早く、カシウスにも気持ちよくなって欲しかった。

やがてずるりと指が引き抜《ぬ》かれると、ほっと息がこぼれる。

足を抱《かか》え上げられて、指の抜かれた場所へカシウスのものが触《ふ》れた。ぷちゅりと、恥ずかしい音がして、膝が震える。

カシウスの情欲の滲《にじ》んだ目が、ライゼを見つめている。獲物《えもの》を見つけた、狼《おおかみ》の目だ。

それが酷く恐ろしい夜もあった。けれど、今はもうこのまま、食い殺されてしまいたいとすら思う。

ライゼは腕《うで》を伸ばすと、カシウスの肩《かた》を抱《だ》きしめた。

「あっ……ん…ぅっ…」

カシウスのものがゆっくりと押し入ってくる。中を太いもので開かれる快感に、それだけで体は絶頂へと達してしまう。

「っ……搾《しぼ》り取られそうだ」

少し苦しげに聞こえる声にすら感じて、ますます中を締めつけてしまう。深いところまでいっぱいにされて、体は熱を上げていく。

「はっ……あ…っ」

カシウスがゆっくりと動き始める。

「あん……ぅっ」

抜き出される感覚に、ぞわりと快感が背中を這い上がる。そのまま、今度はもう一度奥まで入れられた。

そうやって、何度も中をかき混ぜられて、腰から下が溶けてしまうような快感を味わわされる。いや、実際に溶けているのではないかとすら思う。かき混ぜられるたびに中はとろとろと愛液を零《こぼ》し、背中のほうまで流れ落ちつつあった。

「あ、あ、あっ…」

深いところを突《つ》かれるのも、入り口を小刻みに擦られるのもどちらも気持ちよくて、カシウスの腰に足を絡《から》ませて、強請《ねだ》るように腰を振《ふ》ってしまう。

やがて、カシウスがひときわ深くまで突き上げた瞬間《しゅんかん》、前に触れられることのないまま、ラ

イゼは三度目の絶頂へと達していた。

「く……っ……」

続いて中でカシウスが絶頂を迎えたのが分かる。

「ライゼ……」

中に入れたまま、名前を呼ばれて、幸福に泣きそうになった。

「カシウス様……」

このままもう、離《はな》さないでほしい。

カシウスはまるでそんなライゼの願いが聞こえたように、ライゼを強くかき抱《いだ》いた。

「お慕《した》いしております……あなただけを」

「――ああ、俺もだ。ライゼ、お前を愛している」

その言葉に、胸がいっぱいになって、ぽろりと涙《なみだ》がこぼれ落ちる。

カシウスの望んだ運命がほかにいても、この言葉だけは自分のものだ。今こうして抱いてくれているぬくもりも……。

これから歩む恐《おそ》ろしい道行きに、この言葉とぬくもりだけが灯火《ともしび》になってくれるだろう。

そう強く感じながら、ライゼはカシウスの肩を抱く腕にそっと力を込めた……。

◇

ざぁざぁと聞こえる耳障《みみざわ》りな音。それに混じる、子どもの泣き声……。

ああ、またいつもの夢だ。

誰《だれ》でもいいから助けて欲しいと泣く声。ドアを叩《たた》く音。

誰かが走る足音。怒鳴《どな》り声……。

助けて。ここから出して。

誰か、誰か、誰か……。

こぼれた言葉に、目を瞠《みは》る。

「カシウス様……」

そこは暗く狭い船室だ。目が覚めたわけではない。小さな子どもの手で、自らの体をぎゅっと抱いている。

このときの自分はまだ、カシウスを知らない。なのに、口からこぼれたのはその名前だった。

助けを求められるのが――助けを求めたい相手が、自分にはカシウスしかいない。

その名前は、ただ一つの希望のように、ライゼの胸を内から照らしている。

愛された記憶《きおく》だけが、体を温めてくれる。

そうして祈《いの》りの言葉のように、カシウスの名を呼ぶうちに、その耳に怒声《どせい》に近い声が届いた。

先ほどまでよりもずっと大きく響《ひび》く靴《くつ》の音にライゼはそっと顔を上げる。

ああ、近頃《ちかごろ》見るようになった夢の続きだ。

誰かが近付いてくる。

そして、じっと見つめるその先で、ドアのノブが回った。

外から入り込んで来る光。その中にある人影《ひとかげ》は……。

「あ……っ」

ガタン、と大きな揺《ゆ》れを感じて、ライゼはハッと目を覚ました。どうやら自分は眠《ねむ》り込んでいたらしい。

ざぁざぁという音は続いている。どうやら雨が降っているらしい。夢を見たのはこのせいもあるかもしれなかった。

狭い馬車の中には、カンテラが一つ。自分の他《ほか》には誰もいない。

いつの間にか馬車は停《と》まっていた。いや、先ほどの衝撃《しょうげき》は、馬車が停まったせいだったと考えるべきか。

乗ったときは、いくつかの馬車が併走《へいそう》している気配があったけれど、今は蹄《ひづめ》の音も車輪の音もしない。だが分かるのはそれくらいだ。窓を外側から木戸で塞《ふさ》がれている上に、雨音のせいで、余計に外の様子が伝わってこない。人の声もしているようだが、何を言っているかまではわからなかった。

目的地であるストラチエまで、あとどれくらいなのかも……。

ファレナの港を離れ、ストラチエのあるアレルタ大陸の港に着いたのは、一昨日《おととい》の晩のことだ。港に一泊《いっぱく》したあとはずっと、この馬車に揺られ続けていた。

馬車が停まったということは、補給のために街にでも入ったのかもしれない。もしくは野営か……。

それにしても、今の夢は……。

「カシウス様……」

もう二度と会うこともない人の名前がこぼれる。

随分《ずいぶん》とおかしな夢だった。

いつもならば、子どもの頃《ころ》の自分になった途端《とたん》、夢であることすら分からなくなってしまうのに、先ほどの夢では少しだけ今の自分の意識があった。

そして、悪夢の終わりに助けに来てくれた人……。顔は逆光ではっきりとは見えなかったけれど、あれは獣人《じゅうじん》だったように思う。

熱を出して寝込《ねこ》んでいたとき、繰《く》り返しこの悪夢を見た。だが、目を開ければ毎回のように、カシウスが見守ってくれていたから、きっとそれが夢に反映されたのだろう。

そう、思うけれど……。

今にも涙がこぼれそうになって、ライゼは顔を覆《おお》う。

ここはもう、夢の中ではない。カシウスが助けに来てくれるはずもない。

そもそもカシウスは、ライゼが国を出た本当の理由を知らないのだ。助けに来る以前の問題である。

「……せめて、お医者様が無事だといいけれど」

カシウスは、エリスのためにと言って、数人の医者をライゼとともに送り出してくれていた。

スオウの役人たちは、これを断らなかった。医療《いりょう》面の技術提供を受けた事実がある手前、断れば怪《あや》しまれると思ったのかもしれないし、単に医者ならば連れて帰っても使い道があると踏《ふ》んだのかもしれない。

後者ならば、きっと命は無事だろうけれど……。

自分が上手《うま》く断れればよかったのだろうが、エリスが病気であるという名目で帰国する以上、難しかった。

その上船に乗った時点から、ライゼは一人きりで船室に閉じ込められ、当然彼らとも引き離されてしまい……。

それでもなにかできないかと悩《なや》んだ末、ライゼは体調が悪くなった振りをして、一度だけ彼らの一人と接触《せっしょく》を持った。

診察《しんさつ》に寄こして欲しいと、彼らならば薬を所持しているはずだと主張したのである。

とはいえ、見張りがいたため、ほとんど話はできなかったし、船から下りたらすぐに逃《に》げろと告げることが精一杯《せいいっぱい》だった。

事情を話すことはできなかったし、現在の様子も分からない。逃げてくれたと信じるほかない。

自分のせいで、ひどい目に遭《あ》うかもしれない人が増えてしまったことに、ますます申し訳なさが募《つの》って、ライゼはきゅっと唇《くちびる》を噛《か》みしめる。

だが……。

「ライゼさん」

突然《とつぜん》、外から声を掛《か》けられてライゼはびくりと肩《かた》を揺らした。聞き慣れない声だ。おそらく御者《ぎょしゃ》のものだろう。

「……どうかしましたか？」

「ストラチエの政府の方がお見えですが、どうも様子がおかしいようです。急に発車するかもしれませんから、お気を付けて」

「……分かりました」

そう返したものの、ライゼは言葉の意味がいまいち分からずに首を傾《かし》げる。

ストラチエの政府？　もう到着《とうちゃく》していたのか？　自分はそんなに長い間眠っていたのだろうか？　様子がおかしいというのはどういうことなのだろう？

気になって、ライゼは少しでも様子が探《さぐ》れないかと、馬車の壁《かべ》に耳を付けた。

「――様から帝都《ていと》までお連れするよう……」

「事情が……」

「……て……ますので……」

途切《とぎ》れ途切れに声が聞こえてくるが、雨音に遮《さえぎ》られよく聞こえない。なにやら揉《も》めているようだということと、まだストラチエの帝都には着いていないらしいということだけがぼんやりと分かった。

どういうことだろう？　何らかの行き違《ちが》い？　それとも、行き違いを装った企《たくら》みがあるのか……。

政変は収まったと聞いたが、同時に、盤石《ばんじゃく》なものにするために跡継《あとつ》ぎが必要なのだと役人は言った。

それはつまり、跡継ぎができなければ、また政変が起こりうる火種があるということでもある。スオウ側の警戒《けいかい》も当然だろう。

「っ……」

そんなことを考えているうちに、唐突《とうとつ》に馬車が走り出すのを感じて、ライゼは慌《あわ》ててドアに付けられている手摺《てす》りに摑《つか》まった。

揺れが激しい。雨だというのに、随分とスピードが出ている気がする。道もおそらく平坦《へいたん》なものではない。左右に激しく振《ふ》られ、手摺りがなければ何度も体を打ちつけていただろう。今どこを走っているのかも、昼なのか夜なのかすらも知らない以上、状況《じょうきょう》はいまいち分からない。だが、耳を澄《す》ませば雨や、馬の足音、車輪の音以外に、金属のぶつかる音や人の叫《さけ》ぶ声が聞こえた気がした。

そして……。

突然、激しい横揺《よこゆ》れが馬車を襲《おそ》った。

ライゼは馬車の壁に頭を強くぶつけ、衝撃に目眩《めまい》を覚える。一瞬《いっしゅん》、意識を飛ばしていたかもしれない。

気づくと馬車の揺れは完全に止まっていた。

くらくらとする視界の隅《すみ》で、カンテラがおかしな方向にぶら下がっている。

「一体……何が……」

辺りは随分と騒《さわ》がしい。

体勢を立て直そうとして、馬車が横転したのだとようやく気づいた。一体どういう状況なのだろうか？

御者台《ぎょしゃだい》のほうに声をかけようかと考えて、すぐに思い直す。ただの事故であり、御者が無事だったとすれば、ライゼの無事を確認《かくにん》しただろう。

それがないということは、御者に何かあったか——ただの事故ではなかったか。

そう思った途端、外からいくつもの叫び声が聞こえて、ライゼは目を瞠《みは》る。

ここで声を張り上げることが、いいことなのかがわからなかった。

例えば夜盗《やとう》のようなものに襲われたのだとしても、このままストラチエに行くこととどれほどの違いがあるだろう？　とは思う。

けれど、もしここで自分が拐《かどわ》かされた場合、エリスにその咎《とが》が行くことがないと言い切れるだろうか。逃げ出したのだと、思われないだろうか。

殺されたというならば、話は別だろうけれど……。

考えた途端、ぞくりと背筋が冷えた。

あり得ないことではない。今の自分はすでに番《つがい》を得た身であり、Ωの放つフェロモンは番以外には感知できない。知らぬ者から見れば、ただのβの男と変わりなく見えるだろう。

殺されたとしても、何もおかしくはなかった。

殺されたほうがましだと、思う気持ちがないわけではない。けれど、実際にその可能性に行き当たった瞬間、ライゼの体を支配したのは、強い恐怖感《きょうふかん》だった。

まるでいつも見る夢のように、ライゼは体を丸め、自分を抱《だ》き締《し》める。

ざぁざぁと聞こえる耳障《みみざわ》りな音。

誰《だれ》かが走る足音。怒鳴《どな》り声……。

本当にあの夢の中に、閉じ込められてしまったような、そんな気がした。

「……カシウス様」

不安と焦燥《しょうそう》でいっぱいになり、助けを求めるように、祈《いの》るように、ライゼはその名を口にする。

助けに来てくれるはずがない。

裏切ったのは自分だ。あの腕《うで》の中から逃げ出したのは、ライゼ自身なのだ。

「おい、この馬車じゃないか？」

不意に、近くで声がして、ライゼは目を見開く。

「中を確認しろ」

やがて今は真上にある馬車のドアの外で、閂《かんぬき》の外れる音がして、ライゼは怯《おび》えた目でそちらを見つめた。

だが……。

ドアが開くより前に、悲鳴が聞こえた。激しい金属音が続き、それからまた静かになる。

スオウの人間が何かしたのだろうか？　いや、そもそも今閂を外したのが、ストラチエの人間だという確証もないのだが……。

ゆっくりと、ドアが開かれる。

そして――――。

「ライゼ！」

そんなばかな、と思う。

これはやはり夢なのだろうか？　自分はいつの間にかまた、眠《ねむ》ってしまったのか？

ドアの向こうから、こちらをのぞいているのは間違《まちが》いなく獣人《じゅうじん》で……。

「……カシウス、様……？」

夢の中の光景が——いや、あの日の記憶《きおく》が脳裏《のうり》によみがえり、ライゼは大きく目を見開く。

そうだ、あのときも本当に助けは来たのだ。そしてそれは、獣人の姿をしていた。

はっきりと、そう思い出して、ライゼは呆然《ぼうぜん》とカシウスを見上げる。

「大丈夫《だいじょうぶ》か？」

だが、これはあの夢でも、過去でもない。

開いたドアから落ちてくる雨の雫《しずく》は、冷たく頬《ほお》を濡《ぬ》らしている。伸《の》ばされた腕に夢中で手を伸ばせば、抱き寄せてくれたその体は、温かくて……。

カシウスはライゼを抱き上げると、横転した馬車から降りる。

「本当に……カシウス様ですか？」

「ああ、迎《むか》えに来た」

ぎゅっと強く抱き締められて、ライゼは抱き上げられたまま縋《すが》り付くようにカシウスの肩に抱きついた。ぎゅっと閉じた目の端《はし》から、ぽろぽろと涙《なみだ》がこぼれ落ちていく。

「どうして……私はあなたを裏切ってしまったのに」

迎えに来たなどと、どうしてそんなやさしい声で言ってくれるのか……。

「妹のためだったのだろう？」

その言葉に驚《おどろ》いて目を瞠り、ライゼはカシウスを見上げる。

「――……知っていらしたのですか？」

涙で滲《にじ》んだ視界の中で、カシウスが頷《うなず》く。

「使者たちとの話を、聞かせてもらった」

「そう、だったんですか……」

どういった方法かは分からないが、ひょっとするとカシウスは最初からそのつもりで、あのとき人払《ひとばら》いに了承《りょうしょう》したのかもしれない。

「とりあえずこの場を離《はな》れるぞ。話はそのあとだ」

「ですが……私は、ストラチエへ行かなければ……」

「行かせると思うのか？」

「っ……」

カシウスの言葉にライゼは言葉に詰《つ》まる。普通《ふつう》に考えて、カシウスがライゼをストラチエになどやるはずがない。

「申し訳、ありません……っ…」

再び涙がこぼれる。

自分だって、できることならば行きたくなどなかった。カシウスの傍《そば》にずっといたかった。こうして、抱き締められて、より強く感じる。

迎えに来てくれたことも、本当にうれしい。けれど、それではエリスは……。

「――ああ、もう、泣くな。心配せずとも、妹はもうこちらで保護している」

「……え？」

一瞬、何を言われたのか分からなかった。

呆然とカシウスを見つめた瞳《ひとみ》から、また涙がこぼれる。

「少しくらいは意地悪をしてやろうかと思ったが、やめだ。そんなに泣かれてはな」

つん、と鼻に鼻をぶつけられて、ライゼはパチリと瞬《しばた》いた。

妹はもうこちらで保護している？　つまり、それは……。

「言っただろう？　話は聞いていたと。スオウの人間は我々をよほど愚《おろ》かだと思っているのだろうな。大事な人質《ひとじち》であるはずのお前の妹は、捕《と》らえられているわけでもなく、無防備に教会で暮らしていたらしいぞ？」

そう言うと、カシウスは愉快《ゆかい》そうに笑った。

「エリス……妹は、無事なのでしょうか？」

「ああ、安心しろ」

あの場を離れたあと、ライゼは用意されていた馬車へと乗せられた。

正直まだ混乱していたが、状況《じょうきょう》的にも立場的にも、乗車を拒《こば》めるはずがない。

馬車はすぐに国境を目指して走り始め、ライゼは濡れた服を着替《きが》えさせられたあと、ここに至るまでのことをカシウスから聞かされることになった。

ライゼと役人たちの話から、ライゼが脅迫《きょうはく》されている事実を知ったこと。すぐにエリスを奪還《だっかん》するための作戦を立てたこと。天候のせいで船が遅《おく》れ、エリスを保護するのに少し時間がかかったこと。先ほどの地点でストラチエの、ライゼを輿入《こしい》れさせたくない勢力と三つ巴《どもえ》になったこと……。やはり、馬車を襲《おそ》ったのは、ストラチエの人間だったらしい。

「妹の居場所に関しては、お前から聞いていたからな。別の場所に移されている可能性も考慮《こうりょ》していたが、まさかそのままとは……報告を聞いてむしろ驚いた」

スオウ側に多大なる油断があったことは間違いない。

それが、ファレナ側にとって、非常に有利に働いたことも……。

「では、ひょっとして、あの儀式《ぎしき》も嘘《うそ》だったのですか？」

ライゼの出発を遅らせた『重要な儀式』のことだ。城の地下に連れて行かれ、大きな石碑《せきひ》に触《ふ》れるというよく分からないものだったのだが……。

「当然だ」

ライゼの言葉に、カシウスはあっさりと頷いた。

「城の地下の墳墓《ふんぼ》に参る儀式自体は、実際にあるものだがな」

実際は、教会が中心に行うもので、ライゼが参加するようなものではないとカシウスは続ける。

つまり、儀式があるからというのは、ライゼの出発を遅らせるための方便に過ぎなかったということだ。

「では、あのお医者様たちも、大丈夫だったのでしょうか？」

「医者？」

ライゼの問いに、カシウスは一瞬《いっしゅん》なんのことだというように首を傾《かし》げ、それから思い出したように頷く。

「――ああ、あれか。あれは本物の医者じゃないぞ」

「え？」

「諜報《ちょうほう》を生業《なりわい》としている者たちで、お前の護衛と、その後の追跡《ついせき》のために付けたんだ。そういえば、お前が自分たちの身を案じて逃《に》げるようにと言ってくれたと、感激していた」

「………」

そんなことまで報告されていたなんて……。

どうやら何もかも、心配する必要なんて最初からなかったらしい。

けれど、感謝こそすれ、それを恨《うら》めしく思うような資格は自分にはないと、ライゼにはよく分かっていた。

「ほかに訊《き》きたいことはあるか？」

今回のことは、もうほとんど分かったと思う。

ただ……。

「――……一つ、確認《かくにん》したいことがあるのです」

「なんだ？」

ライゼはじっと、カシウスの顔を見つめる。獣人《じゅうじん》の、その顔を。

正直、未《いま》だにほかの獣人を見たことがないこともあり、見分けがつくものなのかは分からない。

けれど、やはり似ているように思う。

「以前、私が誘拐《ゆうかい》されたことがあると話したのを、覚えていらっしゃいますか？」

「ああ、もちろん覚えている」

「実はあのときのことを少し思い出したのです。あのとき……誰《だれ》かが私の閉じ込められていた船室のドアを開けて、外へ連れ出してくれたことを……」

それがとても恐《おそ》ろしかった。自分はこの獣人に食い殺されるのだと、そう思って……。けれど、今思えばあれは自分を助けてくれたのだと思う。

そうでなければ、自分が無事に国に戻《もど》っていたことの説明がつかない。

そして……。

「あれは、カシウス様だったのでは……ありませんか？」

そう言った途端《とたん》、カシウスが驚いたように目を瞠《みは》った。

「ち、違《ちが》うのなら、申し訳ありません」

頭を下げたライゼの頰《ほお》にカシウスの手が触れ、上を向かされる。

「やっと思い出したか」

カシウスはそう言うと、嬉《うれ》しそうに微笑《ほほえ》んだ。

やはり、あれはカシウスだったのか。

「……なぜおっしゃってくれなかったのですか？」

「記憶《きおく》を失うほどに恐ろしかったと、言っていただろう？　無理に思い出させる必要もないと思ってな。それに……」

そう言うと、カシウスはライゼの腕《うで》を引き、膝《ひざ》の上に抱《だ》き上げた。

「あの日、俺の運命だと思ったお前が、俺の番《つがい》になったことはもう変わらないのだから、いいかと思った」

真っ直《す》ぐに見つめられて、頬が火照《ほて》る。いや、頬だけではない、もっと深い場所から、温められていくような、そんな気がした。

ゆっくりと、心の奥から、溶《と》かされていくような……。

「どうして泣く？」

「……嬉しいのです。私を運命だと思ってくださったことが」

自分ではないのだと、思った。

カシウスの運命は、別にいるのだろうと……。それでも、大切にされているのだからそれでいいと、思おうとしていた。

けれど、自分が知るよりもずっと前から、カシウスはライゼを運命の番だと感じて、愛してくれていたのだ。

なのに……。

「ずっと……黙《だま》っていたことがあるんです。言えなかったことが」

「なんだ？　言ってみろ」

なんでも聞いてやる、というようにカシウスに促《うなが》され、ライゼはずっと胸の奥に押し込んでいた言葉を口にした。

「……私はカシウス様に嫁《とつ》ぐよりも前に、ストラチエのヤティールという男の下《もと》に嫁いでいたのです」

カシウスの反応を見るのが恐ろしい。

――きっと落胆《らくたん》させてしまっただろう。

カシウスはずっと、ライゼを思ってくれていたというのに、自分は……。

「申し訳、ありません」

胸が潰《つぶ》れそうに痛んで、涙《なみだ》が溢《あふ》れる。

泣く権利などないと思いながらも、涙を止めることができない。

「ですが、私の体に触《ふ》れたのも、私がお慕《した》いしているのもカシウス様だけだということには、一片の偽《いつわ》りもありません。本当に……私のすべてはカシウス様だけのもので……っ」

ぎゅっと、強く抱《だ》き締《し》められて、息が止まった。

「そんなに泣くな。お前がストラチエに嫁いだことなら知っていた」

「……え？」

思わぬ言葉に、ライゼはパチリと瞬《しばたた》く。

「知って……らしたのですか？」

「お前がストラチエに輿入れすると聞いたときは、スオウを滅《ほろ》ぼすしかないかとも思ったが……それで万が一にもお前を損《そこ》なうようなことがあれば取り返しがつかないからな」

ライゼの嫁ぐ相手がβだということは、調べがついていたらしい。そのため、カシウスは間《かん》諜《ちょう》を使い、ストラチエに政変を起こさせたのだという。

そんなことができるなんて、よほどストラチエの中枢《ちゅうすう》に近い場所にまで、ファレナの人間が潜《もぐ》り込んでいるということだろう。

野蛮《やばん》な国という評判は違うと思ったけれど、自分が思っていたよりずっと、ファレナは軍事的にも政治的にも強い力を持った国なのかもしれない。

「敢《あ》えて言うことでもないと思って触れずにいたが……ライゼが気に病《や》んでいたのなら、もっと早く言ってやるべきだったな」

カシウスは、大きな手でライゼの涙を拭《ぬぐ》いながらそう言ってくれたが、ライゼは小さく頭《かぶり》を振《ふ》った。

「ずっと黙っていた私が悪いのです」

最初からカシウスに言っていれば、何も問題はなかったというのに……。

「口止めされていたんじゃないのか？」

「……それも、ご存じだったんですか？」

まさか、と驚《おどろ》いてライゼはそう問い返した。

「いいや、知らなかった。だがスオウの政府からも、お前がストラチエに嫁いでいた件についての話はなかったからな。俺は何もかも承知の上だったから、その件について問い質《ただ》すようなことはしなかったが……。今回の件と合わせて考えれば、お前が妹を利用されて脅《おど》されていた可能性は思いつく」

だから気にしなくていい、というようにライゼの髪《かみ》を撫《な》でてくれるカシウスに、ライゼはもう一度頭を振る。

「最初は、確かにそうでした。けれど」

それだけではなかった。

カシウスならば悪いようにはしないのではないかと思うようになってからも、言えずにいたのは……。

「カシウス様に嫌《きら》われるかもしれないと思ったら恐ろしくて……どうしても、言えなかったんです。申し訳ありません……」

「謝らなくていい。だが、俺がライゼを嫌うなど、あるわけがないだろう」

カシウスははっきりとそう言った。

「……なぜですか？」

けれど、ライゼにはそれが不思議でならない。

「私は二度もカシウス様を裏切ってしまったというのに……」

「裏切られたとは思っていない。そのどちらも、知っていて黙っていたのは、俺も同じだ」

本当に、なんでもないことのようにカシウスは言う。けれど、ライゼが納得《なっとく》していないのが伝わったのだろう。再び口を開いた。

「ライゼ、俺がお前を求めたのは、幼いお前を見たあの日、お前こそが俺の運命だと、そう感じたからだ。だが、番となり、ともに過ごすようになって、お前の控《ひか》えめで繊細《せんさい》な心や、やさしさ、役目を果たそうと努めるところ、妹思いなところ、キャンバスに向かうときの真剣《しんけん》な目、すべてを好ましいと思った。……信じられないか？」

自分はそんな、カシウスの言葉に、ライゼはゆっくりと頭を振る。

自分はそんな、カシウスが言ってくれるようないい人間ではない。

そう思ったけれど、同時にカシウスが心からそう思ってくれていることは、しっかりと伝わった。

「カシウス様は、お心が広すぎます」

「そうか？　お前以外にはむしろ狭《せま》いくらいだと思うが……」

カシウスはどこか不思議そうに首を傾《かし》げた。

「だが……そうだな。これからはどんなことでも一人で抱《かか》え込まずに、俺に話すと約束してくれるか？」

「——はい」

あらためて言われた言葉に、ライゼははっきりと頷《うなず》く。

もう二度と、カシウスを裏切るようなことはしないと、心に誓《ちか》いながら。

「しかし、先ほどのはよかったな」

「え？」

不意に呟《つぶや》かれたカシウスの言葉に、ライゼは瞬く。

「お前の体に触れたのも、お前が愛しているのも俺だけだと言っただろう？　すべてが俺だけのものだと」

「い、言いました……」

だが、あらためて言われるとどうにも恥《は》ずかしく、ライゼはうろうろと視線を泳がせた。

「信じて、くださいますか？」

「もちろんだ。誰《だれ》でもない、お前の言葉だ。信じないわけがない」

言いながら、カシウスの手が、ライゼの背を滑《すべ》り降りる。

濡《ぬ》れた服を着替《きが》えた際身につけたのは、カシウスのものと覚しき大きな立て襟《えり》のシャツとズボンだった。

「あ……」

カシウスはズボンからシャツの裾《すそ》を抜《ぬ》き出し、直接背中に触《ふ》れる。

「か、カシウス様……ここで、その……あの……するのですか？」

「だめか？」

「あっ……だ、だめでは、ありませんが」

「お前が俺のものだと、確かめさせてくれ」

ぺろりと首筋を舐《な》められて、首を竦《すく》める。

だめではない。カシウスに求められているのなら、それに応《こた》えることはどんな状況《じょうきょう》であれ、嬉《うれ》しいと思う。

ただ、馬車の中の声は、御者台《ぎょしゃだい》には容易に届くだろうと思うと、それが恥ずかしかった。

「腰《こし》を上げろ。頭をぶつけないようにな」

「……はい」

頷いて、ライゼは頬《ほお》を染めつつも素直《すなお》に腰を上げた。

大きすぎるズボンは、ボタンを外さなくても容易に下げられて、そのまま下着も一緒《いっしょ》に抜き取られた。木靴《きぐつ》が、床《ゆか》に落ちる。

上半身はそのままで、剝《む》き出しになった足でカシウスの膝《ひざ》を跨《また》いでいるというのが落ち着かない。

けれど、カシウスの手は躊躇《ためら》うことなく、その太股《ふともも》をゆっくりと撫でた。

「んっ……」

「やはり冷たいな。病《や》み上がりだというのに……宿に着いたらまずは風呂《ふろ》だな」

そう言われながら、シャツの下に隠《かく》れた場所までじっくりと触れられて、徐々《じょじょ》に体の熱が上がっていく。

内股《うちまた》の柔《やわ》らかい場所を撫でられると、膝が震《ふる》えた。早くもっと深い場所に触れて欲しくて堪《たま》らなくなる。

自分の体はもう、カシウスに貫《つらぬ》かれる悦《よろこ》びをいやというほど知っていた。とろとろと体の奥から溶《と》け出していくように、カシウスを欲しがって濡れてしまう。

「ライゼ、腕《うで》を肩《かた》に……そうだ。そうやって抱《だ》きついていろ」

「は、はい……」

言われるままにカシウスの肩に抱きつき、上半身を預けるように寄り掛《か》かる。その分うしろに突《つ》きだしたようになった尻《しり》に、カシウスの両手が触れた。

「あっ……んっ」

左右に割り開くようにしながらゆっくりと揉《も》まれて、すでに濡れ始めた場所がくちゅりと音を立てる。

ライゼは咄嗟《とっさ》に声を殺そうと、カシウスの肩に唇《くちびる》を強く押し当てた。

「声を聞かれたくないか？　確かに人に聞かせるのは勿体《もったい》なくはあるが」

「ん……っ」

カシウスが背後に回した手で、濡れて綻《ほころ》び始めた場所に触れる。

「肩を噛《か》んでも、構わんからな」

「んっ、んぅ……っ」

ゆっくりと入り込んできた指を締《し》めつけると、甘い痺《しび》れが背筋を駆《か》け上がった。中をかき混ぜられて、ぐちゅぐちゅと濡れた音がこぼれる。

まだ指を入れられただけなのに、たまらなく気持ちがいい。ライゼは必死で声を堪《こら》えた。

指はやさしく、快楽を引き出していく。

「本当はもっとじっくり可愛《かわい》がってやりたいが……それは宿に着いてからだな」

「ん、ん……っ」

カシウスの手が、ライゼの腰を持ち上げようと動く。ライゼは震える膝に力を込めて、その動きに従った。

熱いものが、とろとろに濡れた後口へと触れる。そのまま入り口を押し広げるように、先端《せんたん》が入り込み……。

「ん…あぁぁ……っ！」

一気に深いところまで突き入れられて、我慢《がまん》できずに声がこぼれる。

「は……ぁ…はぁ……」

だが、カシウスはすぐには動かなかった。ライゼの呼吸が落ち着くのを待っているようだ。

だが、その間にも、馬車の振動《しんどう》がわずかに中を刺激《しげき》して、もどかしいような快感を与《あた》えてくる。

もっと激しく擦《こす》って欲しい、かき混ぜて欲しいと、思ってしまう。いつもならば、とっくにそうされているのに……。

けれど、カシウスが動く気配はない。

「カシウス、様」

涙声《なみだごえ》で名前を呼ぶと、腹の中でカシウスのものがぴくりと反応した気がした。それだけでも感じてしまうくらい、中が敏感《びんかん》になっているのを感じる。

自分の中を、カシウスがいっぱいにしてくれているのだと思うと、たまらなくて……。

それでも、カシウスはまだ動こうとしなかった。

「ん……は…ぁ……」

もじもじと腰が揺《ゆ》れそうになって、ライゼは我慢できずにそっと口を開く。

「動いても、構いませんか……？」

羞恥《しゅうち》のあまり、頬が燃えるように熱くなった。

「……ああ、好きにしてみろ」

カシウスの許しを得て、ライゼは膝に力を込める。

「ん、ん……っ」

ほんの少し腰を浮《う》かせるのがやっとだった。少し擦られるだけでも気持ちがよくて、耐《た》えきれず腰が落ちてしまう。

だが、それを何度か繰《く》り返し、腰を落とすたびに、深い場所を突かれ、快感も深まっていく。

「気持ちよさそうだな」

「い、い……気持ちいい、です……っ」

いつもの激しい快感とは違《ちが》うけれど、じわじわと高まっていく快感に、ライゼは震えながら腰を振《ふ》った。

けれど……。

「必死で腰を振っているライゼもかわいいが……さすがに我慢も限界だな」

「あぁ……っ！」

突然《とつぜん》、腰をつかんだカシウスの手に、ぐっと腰を引き下げられて、ライゼは高い声をこぼした。

「あ、あぁっ、あんっ」

続けて下から突き上げるように何度も深い場所を抉《えぐ》られて、激しい快感にただ揺さぶられることしかできなくなる。

「あ、あ、あっ、ああ……っ」

「声を我慢しなくてもいいのか？」

からかうような声に、ようやく気づいて口を手で覆《おお》ったが、もう声を殺しきることはできそうになかった。

「ふ、あっ…だめ……あ、も出、ちゃう……っ」

そして……。

「く…っ…」

「んぅ……っ！」

やがて体の奥でカシウスが絶頂に達したのを感じたのと同時に、ライゼもまた絶頂に達していた……。

◇

「兄さん……！」

王宮についてすぐ、後宮近くの部屋へと連れて行かれたライゼの耳に飛び込んできたのは、久し振《ぶ》りに聞く妹、エリスの声だった。

どうやらライゼたちが戻《もど》ると聞いて、すぐに会えるよう手配してくれていたらしい。

近くにはナールもいて、ライゼたちの無事な姿にほっとしたように微笑《ほほえ》んでいた。

「エリス……無事でよかった」

「兄さんこそ……。どうして、もっと早く言ってくれなかったの？　私のせいで……兄さんが……」

感極《かんきわ》まったように泣き出したエリスを、ライゼはぎゅっと抱き締《だ》める。

「言えば、そうやってお前が自分を責めると思ったんだ」

「当たり前じゃない！」

エリスはそう言いながら、ライゼの背中を強く抱き返してきた。

「ごめんなさい、兄さん……」

「謝らなくていい。こうして、ファレナまで来てくれただろう？」

本当は、エリスだって恐《おそ》ろしかったはずだ。

自分が初めてファレナに来たときのように、獣人《じゅうじん》の存在を恐れていただろう。

「大丈夫《だいじょうぶ》だったか？」

「うん……みなさんに、とてもよくして貰《もら》ったわ」

エリスはこくりと頷《うなず》く。それは、この場にいる人間を慮《おもんぱか》ってのことではなかったと思う。

なぜなら、自分もそうだったからだ。ファレナは、来るまでの印象とは、まるで違う国だった。

国だけではない。獣人も……。恐ろしいことなど何もない。

「エリス、殿下《でんか》を紹介《しょうかい》したいんだけど、いいかな？」

ライゼの言葉に、エリスの体が一瞬《いっしゅん》だけ強《こわ》ばった。けれど、すぐに覚悟《かくご》を決めたように頷く。

ライゼはエリスの体を離《はな》すと、カシウスを呼んだ。急に自分が入っていっては、エリスが驚《おどろ》くかもしれないと、次の間で待っていてくれたのだ。

カシウスとともに部屋に戻ると、エリスはほんの少しだけ強ばった顔をしていたが、すぐに深々と頭を下げた。

「このたびはご厚情《こうじょう》をいただき、誠《まこと》にありがとうございました」

はっきりとした声でそう言ったエリスに、カシウスは微笑んで、顔を上げるように言う。

「急な招きに応じてくれたこと、感謝する」

「もったいないお言葉です」

堂々としているとも思えるその態度に、正直なところライゼはほんの少し複雑な気分だった。自分だけが過剰《かじょう》にカシウスを怖《こわ》がってしまったようで……。

「今後のことについては、説明があったかと思うが……問題はないか？」

「はい。図々《ずうずう》しいとは思いますが、こちらでお世話になります」

ここに来る前にライゼもカシウスから、エリス本人さえよければ、ファレナでの生活を保障すると言われていた。

ライゼの安全上、スオウに帰すことはできないが、ファレナではなく他《ほか》の国への亡命を希望するならば、できる限り叶《かな》える旨《むね》も伝えてあるという話ではあったが……。

「では、しばらくは王宮で暮らすがいい。暮らし向きが決まれば、住居も用意させる。――ナール」

「はい」

名を呼ばれ、ナールが一歩前に出た。

「部屋はもう決まっているか？」

「はい。ご用意しております」

「なら、案内してやれ。ライゼはもう休ませる。明日以降ならば時間を取ろう」

「かしこまりました」

ナールはそう返事をすると、エリスを連れて部屋を出て行く。

エリスは最後にちらりとライゼを見て、微笑んだ。その笑顔《えがお》にほっとしつつ、エリスの背を見送る。そして、ふと視線を感じてカシウスを見上げた。

「妹のほうは、随分《ずいぶん》と肝《きも》が据《す》わっているな」

「……そうですね」

やはり、カシウスもそう思っていたのかと、自分の不甲斐《ふがい》なさを感じて、ライゼは俯《うつむ》いた。

「いや、これはあくまで仮定だが……ライゼは、恐怖《きょうふ》のあまり誘拐《ゆうかい》されたあとの記憶《きおく》がないと言っていただろう？　俺のことも、覚えていなかった」

「え、ええ。その通りです」

思いがけないことを持ち出されて驚いたものの、それもまた申し訳なくて、ライゼはしょんぼりと肩《かた》を落とす。

「責めているわけじゃない。ただ、原因はそれかもしれんと思ってな」

「原因？」

「ああ。初めて会ったとき、お前は俺を――獣人を恐ろしいものだと認識《にんしき》した。記憶はなくなっても、その認識は残っていて、常人よりも強く恐怖を感じたのではないかと……」

「確かに……それは、あるかもしれません」

誘拐の恐怖と、獣人の恐怖がすべて一緒《いっしょ》くたになって、残っていたとしたら……。

あり得ない話ではないように思えた。

「まぁ、いい。もう今は怖がっていないことは分かっているからな」

「もちろんです……！　カシウス様ほどやさしい方はいません」

やさしさだけではない。今の自分は、その被毛《ひもう》や尖《とが》った鼻、鋭《するど》い目や、三角の耳もすべて愛《いと》おしく思っている。

カシウスはライゼの頭を撫《な》でると、わずかに苦笑《くしょう》したようだった。

「エリスの件も、本当にありがとうございました」

「お前の妹だ。あの程度のことは当然だろう」

あらためて礼を口にしたライゼに、カシウスはそう言って頭を振《かぶりふ》る。

「それに、俺は少し忙《いそが》しくなるからな。妹が近くにいれば、お前も気が紛《まぎ》れるだろう」

「そうなんですか？」

戴冠式《たいかんしき》や諸々《もろもろ》の式典のことだろうか？　そう思ったのだが……。

「スオウに舐《な》めた真似《まね》をされたままでは、いられないからな」

そう言うと、どこか獰猛《どうもう》さを感じさせる笑みを浮《う》かべる。

抱《だ》かれている最中に見せるようなその表情に、ドキリとした。

同時に、以前カシウスは心が広いと言ったときに、ライゼ以外にはむしろ狭《せま》いくらいだと思うと言っていたことを思い出す。

「……あまり危険なことはしないでくださいね」

別に、祖国だからどうこうというつもりはない。だが、自分のせいでカシウスが怪我《けが》でもするようなことだけはいやだった。

けれど……。

「ああ、お前に心配をかけるようなことはないから、安心していろ」

そう言った声は特に気負いもなく、宥《なだ》めるように頰《ほお》に触《ふ》れた手はいつも通りにやさしい。

「次の発情期までには、全部終わらせる」

そう言うと、そっと触れるだけのキスをした。

ライゼは唇《くちびる》に触れるもふりとした感触《かんしょく》に思わず微笑む。けれど、その口からこぼれた言葉は少し物騒《ぶっそう》だった気がする。

ライゼは、カシウスの心が広いのも、やさしいのも自分にだけである可能性について、一瞬だけ考えて――――そんなはずはないと、その考えを追い払《はら》ったのだった……。

αの花嫁〜番外編〜

「またあくび」

「え？」

エリスの言葉に、ライゼはパチリと瞬《しばた》く。

昼食の席だ。

テーブルの上にはサラダや蒸《む》し鶏《どり》を使った料理などが並び、目の前の椅子《いす》には妹であるエリスが座ってこちらを見ていた。

給仕《きゅうじ》としてナールがついていてくれたが、席に座っているのは、自分とエリスの二人だけだ。

ライゼが王宮に戻《もど》ってからそろそろ一ヵ月以上が経《た》つが、カシウスは忙しい日々が続いていて、一緒に昼食を摂《と》ることもままならない。

代わりに、淋《さび》しくないようにと妹のエリスを招くことが許可されていたし、その配慮《はいりょ》はライゼはもちろん、王宮に来たばかりのエリスにとっても、ありがたいものだった。

実際、兄妹《きょうだい》とはいえ一緒に暮らしていたのは七年以上も前だ。当たり前のように毎日顔を合わせられるのは不思議な気がするが、嬉《うれ》しくないわけがない。

だが、カシウスが忙しいのが、自分と自分の祖国のせいだと思うと申し訳なく思う。それでついついこの絵を仕上げるまで、この本を読み終わるまで、などと言い訳しつつ、カシウスの帰りを待ってしまい……多少寝不足《ねぶそく》であることは否《いな》めなかった。

「すまない。行儀《ぎょうぎ》が悪いね」

「別にそんなの気にしなくていいけど、ちゃんと寝られてないの？」

「寝ているよ。確かに昨日は少し、夜更《よふ》かしをしてしまったけど……」

エリスはライゼの言葉が本当か見極《みきわ》めるように、じっとこちらを見ていたが、やがて小さくため息を吐《つ》いた。

「まぁ、殿下《でんか》は兄さんを大切にしてくださっているみたいだから、そんなに心配はしてないけどね」

そう言うと、フォークで蒸し鶏を一切れ口に運ぶ。

「はー……おいしい。お昼からお肉なんて……こんな贅沢《ぜいたく》に慣れちゃったら今後が心配になるわ」

心底幸せそうにいうエリスに、ライゼは思わずくすりと笑った。

最初、王宮で再会したときは、カシウスの姿に緊張《きんちょう》した様子を見せていたエリスも、今ではすっかりカシウスを信頼《しんらい》し、ここでの生活にも馴染《なじ》みつつあるようだ。

最初は箸《はし》を使っていたが、最近はフォークの使い方も随分《ずいぶん》上手《うま》くなったと思う。

「今後のこと、もう考えているのか？」

「そりゃね。いつまでもこんな生活していられないのは分かっているし」

エリスはそう言ったけれど、もしエリスが続けたいと言って、それをライゼが願えば、カシウスは反対しない気もする。

けれど、ライゼがそれを口にすると、エリスは苦笑《くしょう》して頭《かぶり》を振った。

「確かに、殿下はそうおっしゃるかもしれないけれど……私がいやなの。今までだってずっと、兄さんの立場におんぶにだっこで……迷惑掛《めいわくか》けてきたんだもの」

「迷惑だなんて――」

「思ってない、って言うんでしょう？　わかってる。でも、私の気持ちの問題だから」

エリスは話しながらも、食事を続けていく。兄さんも食べて、と促《うなが》されて、ライゼは止まっていたフォークを動かした。

「それに、今までは教会のお手伝いをして、いずれ神父様の紹介《しょうかい》でお嫁《よめ》に行くんだろうなと思っていたし……それも別にいやではなかったけれど、自分で決められるのもなんだか楽しいわ」

「でも、そうは言っても王宮内の仕事を薦《すす》められているんだろう？　そうでなければ護衛をつけると……」

どちらにしろ、不自由な選択《せんたく》に思える。それは今後エリスを使って、ライゼを脅迫《きょうはく》するような行為《こうい》が行われないための処置だった。自分のせいで、エリスに不自由を強《し》いることは申し訳なく思う。

俯《うつむ》いたライゼに、エリスが小さくため息を吐く。

「……ねぇ、兄さん。殿下の部下の人たちが教会に来て、兄さんのためにこの国に来て欲しいって言われたとき、私本当にうれしかったのよ？」

エリスの言葉に、ライゼは驚《おどろ》いて顔を上げた。

「うれしかったって……お前だって、ファレナは……獣人《じゅうじん》は恐《おそ》ろしいと、思っていたんだろう？」

ライゼがファレナのαに嫁《とつ》ぐと決まったとき、ライゼを心配して泣いていたエリスを覚えている。

「怖《こわ》くなかったわけじゃないわ。けど……私が兄さんのためにできることなんて、今までは一つもなかったから」

そう言ってエリスはそっと微笑《ほほえ》む。

「エリス……すまない」

「謝らないで。うれしいって言ったでしょう？　兄さんが私のこと迷惑じゃないって思ってくれていたのと同じ」

「……そうか」

「そうよ」

エリスは、はっきりとそう言って頷《うなず》く。

いつの間に、こんなに強くなっていたんだろう、と思う。

Ωとして王宮で暮らし始めてから、エリスに会えるのは年に二回と決まっていた。その成長をずっと見ていたつもりだったけれど、自分の中でエリスは、一緒《いっしょ》に暮らしていた八歳の頃《ころ》の印象のままだったと気づく。

兄と引き離《はな》されると知って泣いていた、小さな妹……。

けれど、目の前で食事をしているのは、立派に成長した、十五歳の少女だ。

「十五って言えば、そろそろ結婚《けっこん》してもいい歳《とし》だものな……」

思わず、そうしみじみと呟《つぶや》く。

「――……その方向もあるのよね」

ぽつりと落とされた呟きに、なんとなく物思いの気配を感じて、ライゼはエリスを見つめる。

その方向もある。それはつまり、結婚相手として思う相手がいると言うことだろうか？

「……ひょっとして、誰《だれ》か相手がいるのか？」

そう口にしてから、すぐに一つの可能性に思い当たり、ライゼは血の気が引いていくのを感じた。

「え？」

「まさか、スオウに残してきたとか、そういうことでは……」

もしそうだったらと、考えるだけで罪悪感が胸を押し潰《つぶ》しそうになった。けれど……。

「ち、違《ちが》う違う！」

ライゼの言葉を、エリスは慌《あわ》てたように否定する。

「本当に？」

「本当だから、そんな顔しないで」

エリスはそう言うと、ライゼの顔をじっと見つめ、少し逡巡《しゅんじゅん》したあとため息を吐いた。そして、ゆっくりと口を開く。

「あの……私を迎《むか》えに来てくれた人がいるでしょう？　殿下の部下でβの……騎士《きし》様」

「あ、ああ。カシウス様直属の部隊の副官の方……だったね」

確か、念のためということで、その後もエリスの護衛を務めてくれていると聞いてはいた。ライゼは後宮で暮らしていることもあり、会ったことはない。だが、信用のおける人間だとカシウスが言っていたので、安心していた。

「え、っと……その人が……？」

「素敵《すてき》な方だなって、思って……そ、それだけなの」

そう言って、頬《ほお》を染めたエリスに、ライゼはまるでエリスの羞恥心《しゅうちしん》が伝播《でんぱ》したかのように頬が熱くなるのを感じた。

身内の恋《こい》の話というのは、どうにもくすぐったいものだと思う。

「……何があるってわけじゃないから、言いたくなかったのに」

「す、すまない」

ため息を吐くエリスに、ライゼは慌てて謝罪する。

本当は、そこまで言うつもりはなかったのだろう。ライゼがおかしな勘違《かんちが》いをしたため、誤解を解くために仕方なく話してくれたに違いない。

そうして、しばらくは二人とも静かに食事を再開していたのだが……。

落ち着いて考えるうちに、少しずつおかしく思えてきて、ライゼはくすりと笑った。

「何？」

「いや……エリスをファレナに呼んでよかったなって、やっと思えたよ」

そう言ったライゼに、エリスは苦笑を浮《う》かべる。

「兄さんは、なんでも悪いほうに考えすぎなのよ」

「そうかもしれないな」

「おかげで、言わなくてもいいことまで言っちゃったじゃない」

よほど照れくさかったのだろう、もう一度そう言って口を尖《とが》らせたエリスに、ライゼの唇《くちびる》は謝罪を口にしながらも確かに笑《え》んでいた。

食事のあとはエリスと別れ、ライゼはガラス張りの建物にやってきた。

建物の中は午後の暖かい日差しが降り注ぎ、水面《みなも》がきらきらと輝《かがや》いている。周囲に咲《さ》いた美しい花々が水面に映り、同時に水面の煌《きら》めきが花々へと反射していた。

ライゼは、直接日が当たらないように張られたシェードの下へと向かう。絨毯《じゅうたん》の上に大小のクッションが置かれた、快適な巣のような場所だ。

そこでライゼはその美しい光景を写し取ろうと、スケッチブックを広げた。上着を脱《ぬ》ぎ、シャツの袖《そで》も捲《まく》って、スケッチブックへと木炭を滑《すべ》らせる。

けれど……。

「ふぁ……」

思わずあくびがこぼれて、苦笑する。

昼食後ということもあるが、昨夜はカシウスの帰りが遅《おそ》かった。結局なにもせずに一緒に眠《ねむ》ったが、それでも少し寝不足《ねぶそく》なのは否《いな》めない。

もちろん無理はしていないつもりだ。体調の管理が一番大切だというのは分かっている。ただ忙《いそが》しいカシウスと違い、自分は昼間に足りない睡眠《すいみん》を補うこともできる。

昼寝《ひるね》の癖《くせ》がつきつつあるのが、困りものなのだけれど……。

思う端《はし》からまたあくびがこぼれて、ライゼはあきらめてスケッチブックを閉じ、一つ大きく伸《の》びをするとクッションの上に倒《たお》れ込む。

そして、なんとなく自分の薄《うす》い腹を撫《な》でた。

次の発情期が始まるまで、予定ではあと半月ほどしかない。多少ずれることはあるから、予定日から半月ほどは様子を見ることになるが、その間にヒートが起こらなければ、妊娠《にんしん》しているということになる。

ここに、カシウスの子がいるかもしれない。

そう思うと不思議で、けれどとても幸福な気持ちになる。カシウスは、最初の発情期で子を授《さず》からないこともあるのだから、あまり気にしすぎないようにと言ってくれるが、それはライゼを気遣《きづか》ってのことだろう。

愛されて、求められてここにいることはもう理解しているけれど、世継《よつ》ぎができることがやはりカシウスを一番喜ばせてあげられることなのだと思うと、早くそうしてあげたいと思わずにはいられない。

カシウスには散々迷惑《めいわく》を掛《か》けたし、今も掛けている。

「昨夜は、今回の件のおかげで、ファレナに有利な条件の条約が結べそうだと喜んでいらしたけれど……」

自分が気を遣わずに済むよう、言ってくれているだけかもしれない。本当だとしても、その分煩雑《はんざつ》なことも多かったはずだ。

早くゆっくりと休めるといいのだが……。

「私ばかり、こんなにのんびりとして……」

申し訳ないと、そう思う端から瞼《まぶた》が重くなる。

クッションに顔を押し当てると花の香《かお》りがした。


「ん……」

小さく身じろぎをして、ライゼはゆっくりと目を開いた。何かやさしい夢を見た気がする。

カシウスやエリス、ナール、それと見知らぬ男が一人出てきたような……。昼食の席で聞いた、エリスの思い人を勝手に妄想《もうそう》し、登場させてしまったのかもしれない。

どんな人だろう？　今度カシウスに訊《き》いてみようか？　そんなふうに想像すると、自然と笑みが浮かんだ。

以前よく見ていた、誘拐《ゆうかい》されたときの夢は、ここのところすっかり見なくなっている。

もっとも、今思えばあれを見るのはいつも、何か不安なことがあるときだった。最近はそれだけ自分の心が安定しているということだろう。

そんなことを思いつつ体を起こしたライゼは、すぐに驚《おどろ》いて目を瞠《みは》った。カシウスが、背後に寄り添《そ》うように眠っている。

一体、いつの間に来たのだろう？

「……起こしてくださってよかったのに」

ぽつりと呟《つぶや》いて、苦笑《くしょう》した。

やはり、ここのところの激務で、疲《つか》れが溜《た》まっていたのだろうか。

そう思うと申し訳なく思うが、クッションに頭を預け、すやすやと眠っているカシウスの姿に、胸の中がふんわりと温かくなるのを感じる。

初めて、朝起きてカシウスの寝顔《ねがお》を見たときのことを思い出した。カシウスの毛先が、太陽の光にきらきらと溶《と》けそうに輝いていたこと。それをいつか絵に描《か》けたらと、夢想したこと……。

その後カシウスに絵を描く許可はもらったが、結局未《いま》だに実現していない。モデルを頼《たの》めるような時間がなくて……。

そこまで考えて、ライゼは眠る前に手にしていたスケッチブックと木炭へ手を伸ばした。

新しいページを開き、当たりをつけて、そっと木炭を滑らせる。

そのままどれほどの時間が経《た》っただろう？　いつの間にか夢中になっていたライゼは、紙から視線を上げた途端《とたん》、カシウスと目が合って、ハッと我に返った。

いつの間にか、起きていたらしい。

「か、カシウス様……申し訳ありません。お目覚めになったんですね」

「ああ。……随分真剣《ずいぶんしんけん》な顔をしていたな」

「そうですか？」

そう言われても自分ではわからない。だが……。

「ここも、真っ黒になっている」

「あ……」

右手の一部が木炭で黒くなっているのを指摘《してき》されて、少しだけ恥《は》ずかしくなった。真剣な顔をしていたかはともかく、夢中になっていた自覚はある。

「手を洗ってきます」

そう断って、水汲《みずく》み場へと足を運ぶ。手と、ついでに顔を洗い、シェードの下に戻《もど》ると、カシウスの手にはライゼのスケッチブックが握《にぎ》られていた。

正直恥ずかしかったが、取り上げるわけにもいかず、ライゼは先ほど座っていたのと同じ場所に腰《こし》掛《か》ける。

「ライゼの目には、本当に俺がこう映っているんだな」

カシウスがスケッチブックから顔を上げ、ライゼを見つめて微笑《ほほえ》んだ。

「こう……というのは」

「随分とやさしげな顔だ」

「え？……はい、カシウス様は、おやさしいですから」

ライゼはその通りだと頷《うなず》く。

カシウスはいつもライゼの気持ちにより添い、ライゼが窮地《きゅうち》にあれば救ってくれる。愛する番《つがい》であると同時に、まるで英雄《えいゆう》のような存在だ。自分が番であることが不思議なほど、すばらしい人だと思う。

「――まぁ、お前にそう思われているのは悪くない。だが、お前の祖国を苦しめている男だぞ？」

「それは……そうかも知れませんが……」

それでひどいのはむしろ、自分のほうだろう。

心が痛まないのだ。カシウスに危険なことがないようにと祈《いの》るように思うけれど、祖国であるスオウに思いを寄せることができない。

もうあそこには、父も母も妹もいない。自分がずっと一人で暮らしていた王宮の奥深くにある静かな部屋は、懐《なつ》かしさを覚えるような場所ではなかったし、Ωの性質上、そこで親しくなれる者もいなかった。

エリスがファレナに来た今となっては、スオウに未練など何もない。

「私は、薄情《はくじょう》な人間なのかもしれません」

「お前がスオウに情を残していないのなら、俺としてはそのほうがありがたいがな。その分、この国を好きになってくれればもっと嬉《うれ》しい。俺のこともな」

カシウスはそう言って、ライゼの頭を撫でる。

「?……カシウス様のこともですか?」

「なんだ?　いやなのか?」

カシウスがむっとしたように口を歪《ゆが》める。

「い、いえ!　も……もう、とっくに……すごく……お慕《した》いしておりますので」

どうしてそんなことを言われたか分からない。まだ、足りないということだろうか?

「本当か?」

「ほ、本当です!」

疑うように重ねて問われ、ライゼは咄嗟《とっさ》に強く言い返していた。カシウスはライゼの勢いに驚いたように一瞬《いっしゅん》目を瞠ったが、すぐに楽しげな表情になる。

「それなら、キスしてくれ」

ライゼはその言葉に頷いて、カシウスの顔に触《ふ》れ、そっとその大きな口に唇《くちびる》を押し当てる。

時折、こうしてカシウスはキスを強請《ねだ》る。それが、ライゼには嬉しい。

「……信じて、いただけましたか?」

「ああ、信じた。だが……」

カシウスはそう言うと、ライゼをクッションの上へとやさしく押し倒した。

真上から見下ろされて、それだけで脚《あし》の奥に疼《うず》きを覚える。はしたないとは思うけれど、番に求められていると思えば、それだけで体は濡《ぬ》れ始めてしまうのだ。

なのに……。

「お前は俺の求めることにはいやだと言わないからな。今日は趣向《しゅこう》を変えて、お前がして欲しいことをしてやろう」

「私の、して欲しいこと……ですか？」

「ああ。言ってみろ」

そんなことをしていいのだろうか？　畏《おそ》れ多いというのが正直な気持ちだ。けれど、カシウスの目が期待に輝《かがや》いているのを見て、応《こた》えないわけにはいかない。

だが、いきなり中に欲しいというのは、さすがに憚《はばか》られる気もして……。いや、だが、して欲しいことを言えと言われた以上嘘《うそ》を吐《つ》くのもどうだろうか。

けれど、よく考えてみれば今までも情けが欲しいと口にしたことはあったはずだ。つまり、求められているのはもっと別のことなのでは……？

「どうした？」

ライゼはきゅっと一度唇を嚙《か》み、覚悟《かくご》を決めて口を開く。

「……さ、触《さわ》って……いただけますか？」

「どこをだ？」

「どっ……どこ……」

「どこに触れて欲しい？」

詳細《しょうさい》を求められて、視線が泳ぐ。

「あの……む、難しいです……」

「触れられて、気持ちのいい場所を言えばいい」

カシウスの言葉に、ライゼは再びうろうろと視線を彷徨《さまよ》わせ、難しいと繰《く》り返した。

「言いたくないか？」

宥《なだ》めるように頬《ほお》を撫《な》でられながらそう問われて、ガッカリさせてしまったかと慌《あわ》てて頭《かぶり》を振《ふ》る。

「ち、違《ちが》います。ただ、その……私はカシウス様に触れられると、どこも全部、気持ちがいいので……」

ライゼの言葉に、一瞬カシウスの動きが止まった。

「あの……カシウス様？」

首を傾《かし》げると、返ってきたのは大きなため息だ。

「申し訳ありません……」

カシウスの思うようにできないことがもどかしく、同時に申し訳ないと思う。けれど……。

「謝罪の必要はない。単に、お前があまりに可愛《かわい》らしいから——呆《あき》れていた」

「え？」

可愛いから呆れる、というのがどうにも奇妙《きみょう》な言い回しに思えて、混乱する。褒《ほ》められたのか、それとも咎《とが》められたのだろうか。

「ナールからの報告で、お前が妹と楽しそうに過ごしていると聞いて、少し意地悪をしてやろうかと思ったんだが……俺が間違《まちが》っていた」

「意地悪、だったのですか？」

まったく気づいていなかった。意地悪されたことにも、妹のことで不快な思いをさせていたらしいことにも……。

「あの、カシウス様がいやなら、エリスとは……もう会いません」

もちろん淋《さび》しくはあるが、もともと後宮にカシウス以外の人間を入れることが、異例なことだ。カシウスの厚意《こうい》に、甘えすぎていた。

もともと、嫁《とつ》ぐときはもう一生会えないのだろうと覚悟していたのだ。ここ一ヵ月のことだけでも、幸福だったと思うべきだろう。今日、エリスの気持ちを聞けたことも、僥倖《ぎょうこう》だった。

「……ここで俺が頷いたとして、それでも俺はお前にとって、やさしい男なのか？」

「それは……もちろんです。だって、この一ヵ月間を与《あた》えてくださったではありませんか」

本来ならばあり得ないはずの日々を。感謝こそすれ、取り上げられて不満を言うようなものではない。

けれど、カシウスはライゼの返答にしばし沈黙《ちんもく》し、それからため息をこぼした。

「妹にはこれからも会ってやれ」

「よろしいのですか？」

「俺はお前の妹思いのところも好ましいと思ったと、前に言っただろう？」

言いながら髪《かみ》を撫でられて、そういえば……と思い出す。

けれど、それならばなぜあんなことを言ったのだろう？　そう考えて、やはりカシウスが忙《いそが》しくしているというのに、自分ばかりがのんびりと妹との時間を楽しんでいるのはよくないのではないかと思う。

だからといって、仕事の手伝いができるわけでもない。

少しでも、カシウスのためになりたいと思うが……。

「あの……カシウス様」

「なんだ？」

「私にできることがあれば、なんでもおっしゃってくださいね？　カシウス様がお望みのことなら、今できなくとも、習得できるようにがんばりますから」

「……そうか。ありがとう」

なぜかため息とともに言ったカシウスに、おかしなことを言ってしまっただろうかと困惑《こんわく》する。

「とりあえず、俺は今から気が済むまでお前を抱《だ》くが……」

期待に、ぽっと頬が熱くなった。

「これは、お前にも大いに責任があるぞ」

「？……はい。いつでも、好きなだけ抱いていただけたら、うれしいです」

微笑《ほほえ》んで、ライゼはそう口にする。

「その言葉、後悔《こうかい》するなよ」

そう言うと、カシウスは獰猛《どうもう》な笑《え》みを浮《う》かべた。

――そのあとは、まるで嵐《あらし》のようだった。

ボタンが二つは飛んだだろう。いつになく乱暴な手つきで、あっという間に裸《はだか》にされた。そして、貪《むさぼ》るように体中を撫でられ、吸われ、舐《な》められる。

カシウスの指と舌が触れていない場所など、体中のどこにもないのではないかと思うほど、念入りにほどこされた愛撫《あいぶ》は、ライゼの体をとろとろに溶《と》かしていた。

「あ、あっあっあぁ……！」

「も……っ、あんっ、あ……だめ……っ」

「気が済むまで、抱くと、言わなかったか？」

もうすでに、腰《こし》をあげることもできないほど疲弊《ひへい》している。けれど、クッションに抱きつくように俯《うつぶ》せに寝《ね》そべったライゼに、カシウスは背後から覆《おお》い被《かぶ》さると、どろどろになったぬかるみへと欲望を突《つ》き入れる。そのまま激しく奥を突かれて、ライゼはあまりの快感に濡れた声を零《こぼ》すことしかできない。

もう何度絶頂に達しただろう？　中に出されたのも一度や二度ではなかった。体のどこにも力が入らず、けれどカシウスを受け入れている場所だけは、ひくひくと痙攣《けいれん》するようにカシウスのものを締《し》めつけてしまう。

「お尻《しり》……とまらな……おかしく、なって……あっ、あぁっ」

「ああ、きゅうきゅう締めつけてくるな……そんなに、気持ちがいいか？」

「あ、い、いぃっ……気持ち……ぃっ、あ、あん……っ」

自分のそこが蕩《とろ》けているのが分かる。突き入れられるたびにじゅぶじゅぶと、いやらしい音がした。愛液と、カシウスが中で出したものが混ざり合ってこぼれ出てくる。

だが、そうして激しく出し入れされるのと同じくらい……。

「……さすがに、そろそろ終わりにするか」

「は、あっ……ふ、かい……ぃっ、あ――……だ、めぇっ」

腕《うで》の中に閉じ込めるように覆い被さって、ぐっと腰を押しつけられる。開いてはいけない場所まで、開かれている気がする。

奥の、深いところ。そこに嵌《は》められると、前からはもう何も出ていないのに、絶頂を迎《むか》えたかのように体が震《ふる》える。

中だけで、何度も絶頂を味わわされて、おかしくなりそうなくらい気持ちがよくて……。

「入れ、ないで……くださ……ぁっ…だめ、も、だめ、だめぇっ!」

「好きなだけ、抱いていいと、言っただろう?」

「い、っま、した……けど……あっ、んっ、こんな……あ、は、おかしく、なっちゃ……うぅっ」

ゆるゆると頭《かぶり》を振ると、後ろからゆっくりとうなじを舐め上げられる。

「あ、あ……」

「好きなだけ、おかしくなればいい」

「ひぁあ……ッ」

牙《きば》を突き立てられるのと同時に、更《さら》に深い場所へと突き入れられた。そして……。

「あ…あぁ……」

一番深い場所に、どぷどぷと勢いよく注がれるのを感じながら、ライゼはふつりと意識を失った……。

目を覚ますと、赤褐色《せっかっしょく》の瞳《ひとみ》がライゼの顔を覗《のぞ》き込んでいた。

どうやら、カシウスは起きていたらしい。

場所はいつの間にか寝室《しんしつ》に移されていた。カシウスが運んでくれたのだろう。部屋の中は暗く、ベッドの脇《わき》のランプだけが光源だった。もうすでに夜のようだ。

カシウスはライゼが目覚めたことに気づいているだろうに、何も言わない。

「……どうか、しましたか？」

自分でも驚《おどろ》くくらい、声が掠《かす》れている。少し、喘《あえ》ぎすぎたようだ。

「さすがに、怒《おこ》っているか？」

カシウスの三角の耳が、少ししょんぼりしている気がして、ライゼは微笑む。

「怒っていません」

「だが、やさしい男ではなくなっただろう？」

「どうしてですか？　私が好きなだけ抱いて欲しいと言ったのに、応《こた》えてくださっただけでしょう？」

ライゼがそう言うと、カシウスは何度か瞬《まばた》きをして、それからため息をこぼした。

「お前は、俺に甘過ぎる」

「甘過ぎるのは、お嫌《きら》いですか？」

「……好きだ」

「なら、よかった」

くすりと笑って、ライゼはカシウスの目をじっと見つめる。

「キスを、してくれるか？」

その言葉に頷《うなず》いて、ライゼはそっとその大きな口に、口づけをした。

あとがき

はじめまして、こんにちは。天野《あまの》かづきです。この本をお手にとってくださって、ありがとうございます。

色々と気忙《きぜわ》しいことの多い毎日ですが、皆様《みなさま》ご健勝でしょうか。この本が出る頃《ころ》には、少しでも良い方向に落ち着いていることを祈《いの》っています。

さて、ついにオメガバースも四冊目となりました。

今回は、もともとαに嫁《とつ》ぐことを前提に生きてきたΩの受、ライゼが主人公です。一度は別の国に嫁いだものの、ある事情から祖国に戻《もど》り、別の国のαに嫁ぐことになるライゼ。しかし、今度の嫁ぎ先《さき》のαは獣人《じゅうじん》であり、ライゼはそれが恐《おそ》ろしくて仕方がない。それでも妹の身の安全のため、国の命令に逆らうことなどできないライゼだったが……という感じでお送りしております。

獣人のαを書いたオメガバース作品は、これまで『獣王のツガイ』と『野獣のツガイ』の二冊をださせていただいておりますが、今回またもや獣人のαを書かせていただきました。実は、オメガバース作品としては三冊目の『王国のΩ』のあとがきで「人間だとキスシーンが書きやすい」と書いたのですが、今回は敢《あ》えて、獣人でもいっぱいキスシーン書こう！　と思って書きました。思えば人間同士でもこんなに意識してキスシーンを入れたことはなかった気がしますね。なかなか楽しかったです。

イラストは、今回も陸裕千景子《りくゆうちかこ》先生が描いてくださいました。ライゼは顔も衣装もめちゃくちゃ可愛いですし、獣人・カシウスのもふもふ具合も最高でした。もふもふばかりを描いていただいて申し訳なく思いつつ、もふもふが好きなわたしはいつもとても嬉《うれ》しく思っています。陸裕先生、ありがとうございます。

ところでこの文庫は、陸裕先生が漫画《まんが》を執筆《しっぴつ》してくださった『獣王のツガイ（ASUKA COMICS CL-DX刊）』のコミックスとほぼ同時の発売となっております。こちらのコミックスは、２０２０年６月１日発売予定です。

原作は、わたしが執筆し、イラストを陸裕千景子先生が描いてくださった小説で、ルビー文庫より現在も発売中です。

コミックスは、文庫でイラストを担当してくださった陸裕先生が、漫画化まで担当してくださったという…超豪華《ちょうごうか》な一冊となっております。陸裕先生の美麗《びれい》な漫画をぜひ堪能《たんのう》していただきたいです。ぜひ、そちらもあわせて手にとってやってくださいね。

そして、担当の相澤さんには、今回も大変お世話になりました。いつもすみません。次こそはと思いつつ、次のあとがきもすでに謝罪文が載《の》ることが確定しているわたしです……。でも、これからもよろしくお願いします。

最後になりましたが、この本を手にとってくださったみなさま、ありがとうございました。ここまで読んでくださったこと、大変感謝しております。少しでも、気に入っていただけるところがあればいいのですが……。

では、皆様のご健康とご多幸を、心からお祈りしております。本当に、ご自愛ください。そうして、またどこかでお目にかかれれば幸いです。

二〇二〇年　三月　　　　天野かづき

KADOKAWA RUBY BUNKO

αの花嫁《アルファ　はなよめ》
天野《あまの》かづき

角川ルビー文庫　22196

2020年6月1日　初版発行

発行者――三坂泰二
発　行――株式会社KADOKAWA
〒102-8177　東京都千代田区富士見2-13-3
電話 0570-002-301（ナビダイヤル）
編集企画――コミック＆キャラクター局　エメラルド編集部
印刷所――旭印刷株式会社
製本所――株式会社ビルディング・ブックセンター
装幀者――鈴木洋介

●お問い合わせ
https://www.kadokawa.co.jp/（「お問い合わせ」へお進みください）
※内容によっては、お答えできない場合があります。
※サポートは日本国内のみとさせていただきます。
※Japanese text only

ISBN978-4-04-109482-2　C0193　定価はカバーに表示してあります。

◇◇◇

KADOKAWA
角川ルビー文庫
獣王のツガイ
天野かづき
イラスト★陸裕千景子
αの獣人と
Ωの人の子との
運命の恋——。
オメガバース
異世界に召喚され「俺の子を産んで貰う」と獣人に言われた悠。
生まれて一度も性欲を感じなかったはずの体はΩに変化し、
αのそばにいるだけで発情するが…？
大好評発売中!!

KADOKAWA
野獣のツガイ
天野かづき
イラスト★陸裕千景子
α獣人とΩ人の子との運命の恋――。
オメガバース
αの幼い獣人に発情したことから、自分はΩだと知ったレイン。
日本で暮らした前世の記憶があるレインは、
幼い子供に発情したことへの罪悪感や男が子を産めることに戸惑うが…？
大好評発売中!!
角川ルビー文庫

大好評発売中!!
角川ルビー文庫
王国のΩ
Ωを手に入れた者が王となる。
αの王子と王国唯一のΩの
運命の恋。
王宮で庭師として働くシャルは、ある日突如発情し、偶然居合わせたαの王子・ユリウスに抱いて貰った。そのことで自分がΩだと知ったシャルは、幼い頃から密かに想いを寄せていたユリウスをツガイに指名するが…!?
天野かづき
イラスト 陸裕千景子
KADOKAWA